り」
美来さんは見た目だけ地雷系
MIRAI-SAN HA MITAME DAKE JIRAIKEI
三浦 美来
【みうら みらい】
他を寄せ付けない雰囲気と地雷系の服装からクラスで浮いている少女。しかし、賢誠の状況を知ってからは、賢誠の家で世話を焼いている。賢誠に対しては年相応の柔和な雰囲気を出すことも。
舞園 ありさ
【まいぞの ありさ】
主人公・賢誠の妹。大人しく聡明な小学二年生。世話を焼いてくれる美来に懐いている。

「……あなたの匂いがする」
文字通り目と鼻の先に三浦さんの顔。きめ細やかな肌が薄暗い光に反射して、きらきらと輝いている。

妖精の鱗粉って
こんな感じなんだろうか。
きらめきにも似た肌の美しさと
コントラストを作るように、
黒く長いまつ毛と瞳。
頬の差し色にほんのりと
血色の良い朱色が混じって……
甘い吐息が俺の眠気を
何か別のものに変えていく。

「けんせーみたいなマジメがとりえの好青年は、ああいうのの毒牙にかかっちゃだめー」
安慶名希未【あげな のぞみ】
賢誠のクラスメイトのゆるふわギャル。賢誠の状況を案じる優しい少女。実は賢誠とは小中学校の同級生。

目次

美来さんは見た目だけ地雷系

高科恭介

ファンタジア文庫

3415

口絵・本文イラスト　ハム

01：What is 地雷系？

俺のクラスには、強く目を惹《ひ》く容姿のひとが居る。

身に纏《まと》う上下こそ周囲の女子と同じ制服だが、細かなところに他とは違う装飾がある。

たとえば足元。踝《くるぶし》丈の靴下には、そっと咲く花のようにささやかな刺繍《ししゅう》。

たとえば手。日々異なる付け爪は、いつも華やかで美しい。

たとえば首元。あしらわれたチョーカーは、細くも主張の強いフリル付き。

極めつけはその髪。陽光に煌《きら》めくほど艶があり、それを高いところで二房括《くく》って飾っている。結わえるリボンは大きく派手だが、それでいて括った髪と調和したように、共に仲良く風になびいている。

なんというか。少なくとも俺にとっては、彼女の机だけ別世界のように感じられた。

その理由は彼女の容姿のみならず、周囲がなんとなく彼女を遠巻きにしていることにも起因するのだろう。彼女が誰かと親しく話しているところを見た記憶もない。

失礼とは分かっていて、それでも目がつられてしまい、窓際《まどぎわ》の席で頬杖《ほおづえ》を突いた彼女を眺めていると……ふっと現世に引き戻されるような声が響く。

「けんせー、なしたん？」

4

「……ああ、安慶名《あげな》か」

気の抜けた甘ったるい声で俺の名前を呼んだのは、クラスメイトの安慶名。

印象的な垂れ目に、へらっとした気だるそうな笑みを乗せて、傾《かし》いだ首は俺にからかいの意思を向けている。

「大したことではない」

「三浦《みうら》さん見てたっしょ」

「だとして、大したことではない」

大したことではない。ないはずだ。

「あははっ、けんせーは相変わらずカッタいなぁ」

ころころと飴玉《あめだま》を転がすような笑い声とともに、彼女の首はくるっと回って、三浦さん
――つまりは俺が見ていた彼女の方へと向く。

すっと細まった安慶名の瞳は、半眼とでも形容するべき退屈そうなもの。

「ちょっち、けんせーには合わねーと思うよ？　地雷系だし、メンヘラっぽいし」

「なんの話だ」

「けんせーみたいなマジメがとりえの好青年は、ああいうのの毒牙《どくが》にかかっちゃだめー」

「だから、なんの話だ」

ぶー、と両腕でばってんを作る安慶名。ぶかぶかのカーディガンのせいで、だらしがないばってんになっている。

それにしても安慶名は、ずいぶん俺を知ったように言う。確かにこのゆるっと天真爛漫《てんしんらんまん》な女とは、同じ小中学校ではあった。あったが、話すようになったのはここ最近だ。

安慶名の俺への評はおいておくにしても、話題の争点はほかにある。

「や、だからうっかりああいうのに惚《ほ》れたりしてー」

「そうではなく、メンヘラとか地雷系というのはどういう人を指す言葉なんだ?」

「ほへ?」

口元に手を当てる安慶名は、そのだらしなく余ったカーディガンの袖のせいで手が見えない。緩い空気が人格を形成したような女だな……。

「え、いまどき地雷もメンヘラも知らんって重症っしょ。ウケる」

「ということは、安慶名は知っているということだな?」

「そりゃあね。えっとねー。いくつか特徴があって、それを合わせると地雷系メンヘラ女の完成!」

「そんなクックパッドのような」

「けんせーがクックパッド知ってんのウケる」

俺がなにしていても笑うのかお前は。

ちらりと三浦さんの方を見ると、変わらず窓の外を眺めていた。休み時間をどう過ごすかは人それぞれだが、スマホに目を落とすでもなく、一階の教室から見る変わり映えのしない外の景色に、三浦さんは何を想《おも》っているのだろうか。

「むー」

三浦さんと俺の間に安慶名のおなかが割って入る。せっかくカーディガンなんだから、ボタンは閉めたらどうなんだ。

「けんせーくんに、地雷系の特徴を教えてしんぜよー」

「あ、はい」

袖の余ったカーディガンから、にょきっと指が五本生えた。五つもあるのか、特徴。

「まず、めっちゃ感情的」

そのちっちゃい小指を折って安慶名が言った。

いや親指から折るものだろうそこは。

「感情の起伏が激しい、というのが特徴なら、当てはまる人間は多そうだが」

「いやいやそんなレベルじゃないよ。自分が一番大事にされないとブチキレる」

「なんと」

こわ。

「んでふたつめ。ちやほやされることがアイデンティティー」

「アイデンティティー……存在証明？」

「むずかしー言い方すんなしー」

「いや、ただの直訳……」

「まーだから、みんなから可愛《かわい》いって思われたいの」

「安慶名はそうじゃないのか？」

「うちはべつに、みんなからはどーでもいーし……いいじゃんうちのことは！　地雷系はみんなに可愛いって思われるためなら何でもするってゆーか」

小中時代を思い出す限り、安慶名の緩い雰囲気は生来のものではないはず。

つまり作っている可愛さのはずだ。髪型にも気を遣っているようだし、安慶名を恋人に望む声も幾度か聞いたことがある。

だがそれは「可愛いと思われたい」には含まれないものなのだろうか。難しいな。

「でみっつめ。とにかく他人に依存したがったり、束縛したがる。スマホの監視は当たり前ー、一日の半分は自分に割かないとガチぎれー」

「こわ」

「あ、うちはそーゆーの全然しないからね」

「確かにお前の束縛はなぜか全く怖くないな……」

縛り縄がわたあめで出来ていそうだ。

「で最後」

「あと二本残ってるぞ、指」

そう言うと、安慶名は気づいたように自分の指を見て、ぴょこぴょこ動かして、何事もなかったかのように親指を折った。

「最後はねー」

「なにもかも緩いな……」

そのふにゃふにゃなパーを出した時には何も考えていなかったに違いない。

「そーゆー欲望を満たすために、アレなお店とかに沈んでいくわけよー」

「アレなお店？」

「えっ、いや、だからその……アレなお店だよ！」

なぜ照れるのか。

欲望を満たすためのアレなお店……。あ、もしかしてそういうのって男じゃなくて、女にもあるのか。それは……デリカシーのないことを言ったな。

「すまない。俺が無知なばかりに、恥をかかせた」

「えっ、いや、いいよいいよー。べつにそんな」

「安慶名は詳しいんだな」

「おまえちょっとおまえ？？？」

しまったこれも失言だった。

「詳しいといってもそういうところに安慶名が通っているとは言っていない。単なる耳年増だろうと思っているから大丈夫だ」

「おまえー！」

だめか。

ぐわー、と両腕を振り上げる、少し頬を照れに染めた安慶名。相変わらず袖から手が見えないせいでまったく怖くはないのだが、怒らせてしまったことは申し訳ない。

俺が口下手なばかりに――と思ったところで、休み時間の終わりを示すチャイムが鳴る。

はたと固まった安慶名が、またゆるゆると手を下ろしてひとつ溜《た》め息。

「まいいやー。ってなわけでそーゆー地雷系メンヘラ女に気をつけれー。けんせーみたいなのはかんたんに籠絡《ろうらく》されちゃうんだぞー」

確かに俺は自分が賢いとは思わない。詐欺なども、一度耳を傾けてしまえばおしまいだ。

迷惑メールの類も、触らぬ神に祟《たた》りなしが信条である。

「しかし安慶名」

「んー？」

「つまり、地雷系メンヘラ女というのは、さてはとんでもない奴《やつ》だな？」

「きづいたかー」

ゆるいやつは腕組みもゆるかった。それちゃんと腕組めてる？　腕に腕のっけてるだけじゃないか？

「うんうん、分かればよいー」

「ああ。ただ……」

自分の机に戻ろうとする安慶名から、ちらっと三浦さんの方へと目を向ける。

相変わらず、可愛らしい装飾と、人を寄せ付けない雰囲気が同居した、不思議な世界が形成されているように見えた。

もしもそのやべー地雷系とやらに、三浦さんが該当するとしたら……。

と、ここでまたゆるキャラのインターセプト。

俺の視界を遮るように顔がひょこっと覗《のぞ》き込む。

「むー。けんせーは女に溺れたりしたらせっかくの推薦とかも全部ぱーだからねー。自分

の全部を捧《ささ》げて捨てられるのが目に見えるんだからほんとに近寄るなよー」

「俺はなんだと思われているんだ」

なんか戻ってきた安慶名が、それだけ言ってまた自分の席に帰っていった。なんなんだ。

……ともあれ。女に現《うつつ》を抜かして己を見失うという例は、歴史や書物を紐解《ひもと》けば当たり前に目にする話ではある。

ただ、三浦さんがそのとんでもない奴なんだとしたら、俺は……。

02：籠絡されています。

「おかえり」

とっくに籠絡されてるんだよなー。

「ああ、ただいま」

安アパートのキッチンは、狭くて廊下と併設されている。だからそこに立つひとがいれば、俺が玄関に帰ってくると、目の前にいるというわけだ。

まず視界に飛び込むのは、制服の上から纏《まと》われたエプロン。

その輪郭を形作るラインは全てがレースの刺繍《ししゅう》によって形成されていて、背で結ばれたリボンも冗談みたいにデカい。

俺がこの世で知っている一番デカいリボンは、彼女の背中についている。

最初はねじまきか何かと見間違えたくらいだ。

「なに」

涼やかで、遊びがない声色。安慶名《あげな》の甘ったるくてぽやぽやしたそれとは対照的な、落ち着いた穏やかなトーンの声は、小さくとも確かに俺の耳朶《じだ》を打つ。

付属するジト目は、俺の不躾《ぶしつけ》な視線へのクレームだった。

「失礼、不躾だった。相変わらず、すごいエプロンだと」

「似合ってる?」

「ああ」

「似合ってるなら、いいじゃない」

「ああ」

おっしゃるとおりだ。彼女に似合っているから、何も問題はない。物珍しいからと、好奇の目で見てしまった己を恥じるばかりだ。

「ふっ……そんなに凹《へこ》まなくても良いでしょ。入りなさいよ、自分の家でしょう」

彼女は穏やかに笑って許してくれた。

そう、ここは俺の家。なのに彼女は——。

「きょうはリクエストがあったから、ハンバーグよ」

「そうか。日々、世話をかける」

「べつに、勝手にやってることだから」

淡々とした言葉に、あまり感情は乗っていない。けれど、言葉を交わす最中も、慣れた手つきで玉ねぎを微塵《みじん》切《ぎ》りにしていくその所作は美しかった。

学校で見た付け爪も、今はついていない。

「それでも、ありがとう。三浦さん」

「ん」

三浦さんは、見返りもなしに、俺の生活を支えてくれている。

果たしてこれが、人を骨抜きにする地雷系メンヘラ女、というやつなのだろうか。

俺には少し、分からなかった。

「にいさん、おかえりなさい」

と、奥の部屋から顔を出すのは俺の妹。

「きょうはハンバーグ」

そして今晩のリクエストの主だった。

目が輝いているのがよく分かる。ぎゅっと抱きしめたくまのぬいぐるみが、苦しそうに首をこてんと横倒しにした。すわ、彼がハンバーグにされるのかと邪推してしまう。

「良かったな、ありさ。三浦さんにお礼は言ったか」

「いった」

ふんす、と頷《うなず》くありさは、まだ今年で七歳になる小学一年生。

甘えたい盛りだというのに、家族はもはや俺しかいない。学校から帰っても家には誰もいない、いわゆる鍵っ子だ。申し訳なくも、思う。

「みて」

「ん？」

グロッキーなままのぬいぐるみを俺の眼前に差しだして、ありさは誇らしげに言った。

「ねえさんがくれた」

「ほう……おおう」

俺が鈍いばかりに気が付かなかったが、いつのまにやらくまのぬいぐるみには、ふりっふりの白いドレスが着せられていた。

しかし……。

「ありさ。このくまはオスではなかったか」

「えと……」

ありさが名前をつけていたはずだ。ぽんたろうとか、そんな感じの。

しかしありさは何やら少し考えたあとに、自信満々に言い放った。

「そーゆーじだい」

「時代なら仕方ないな……」

なるほど、それを言われてしまうと、世相に疎《うと》い俺は黙るほか無かった。

「……ふふっ♪」

と、後ろで小さく吹き出す、可愛《かわい》らしい声。

「ありさは可愛いわね」

もちろんその主は三浦さんで、ありさの物言いを楽しんでいたようだった。

「そうだな。今の三浦さんの声も相当可愛かったが」

「聞かなかったことにして」

「ねえさんかわいかった」

「聞かなかったことにして」

こんなに可愛らしい、お姫様のような身なりをしているのに、自身の隙によって生じる可愛さには、何やら照れじみたものがあるらしい。

「それにしても、わざわざありがとう。ありさも喜んでいるよ」

「ありさもよろこんでる」

俺の隣でふんふん頷くありさと、それから俺に目を向けて、三浦さんは困ったように眉尻を下げた。その手のうちでは、ハンバーグのタネがぺちんぺちんと動いている。

ありさの視線はそうそうにそちらに釣られていた。

「……べつに、大した苦労もしてないし。余った布で作れるものだから、気にしないで」

「あなたの労力と、俺の感謝の気持ちは比例しない」

「っ……それを言うなら、それこそおあいこね」

何がだ？　と思う俺に、三浦さんは微笑《ほほえ》む。

「分からないなら、分からないで良いわ」

あまりにその柔らかい笑みが綺麗《きれい》なものだから、うっかり二の句が継げなくなる。

俺が彼女に魔性の魅力があると思うのは、これだ。これが理由だ。

三浦さんの言っている意味は、確かによく分からない。ただ、こうして俺の生活を支えてくれる三浦さんは、どうしてか楽しそうで。学校で見る冷たい印象はどこへやら、ころころ変わる表情もまた魅力的に映るのだ。

「ねえさん、まだ？」

「ハンバーグのタネは少し寝かせて、それから焼くの。もう少し我慢なさい」

「はーい」

三浦さんがうちに来るようになって二か月。いつの間にかありさは三浦さんをねえさんと呼んで慕っているし、三浦さんと話しているといつも嬉《うれ》しそうだ。

誰もいなかったはずの家が、明るくなった。それだけでも俺にとって三浦さんは、感謝するに足る大きな存在だ。

「ありさも、ねえさんと同じ髪がいい」

「そう言うと思って、リボン持ってきたわ」

「やった」

母親は男を作り、父親は蒸発した。どうしようもない中で俺が生活できているのは、俺とありさの身元を保証してくれている御仁のおかげ。それだけでも恵まれたと思っていたのに、三浦さんの厚意には本当に頭が下がる思いだった。

「にいさん」

「ん？」

振り向けば、綺麗に編まれた髪をリボンで結って、三浦さんと同じ髪型に整えてもらったありさの姿があった。

「みて、ねえさんみたい」

「そうだな。俺には確かなことは言えないが……世界一魅力的な髪型だと思う」

「ありさもそうおもう」

ふたりで頷き合っていると、三浦さんは何やら唇を尖《とが》らせた。

「さすがに褒めすぎ」

「そうだろうか。言った通り俺は髪型には疎いし、興味も持てていなかった。だがそんな俺でも、いつからか気づけば三浦さんを目で追っていた。だから俺にとってはたぶん、魅力的な見た目というのは三浦さんが基準になってしまっていて――」

「分かったから！　分かったから‼」

「すまない、俺はあまり人を賞賛するのも得意ではない」

「嘘《うそ》つけぇ‼」

　きょう一番の声量だった。びっくりした。

「ああん、もうっ……これ以上変に期待させないで……」

「三浦さん？」

「なんでもない！　ほら、そろそろ焼くから、あっち行ってなさい！」

「はんばーぐ！」

　背中を押されて奥の部屋へ。ダイニングと呼んで良いのか分からないくらいの狭い部屋ではあるが、それでも俺たち兄妹《きょうだい》の憩いの間だ。

　そのさらに奥に扉があって、今は俺とありさの共用で使っている寝室がある。

　いずれありさに明け渡すつもりだが、それよりもちゃんと働いて、もう少し広い場所に引っ越してあげたい。いや、この部屋だって貸して貰《もら》えているだけ本当に有難《ありがた》いが。

「……舞園《まいぞの》」

「ん？」

名を呼び止められて、振り向いて。三浦さんは、少しもの言いたげに俺を睨《にら》んだあと、小さく首を振った。たまに見る、何かを諦めたような顔だ。

「……誉《ほ》め言葉は、受け取っておくけど。あたしは魅力的な人間とやらじゃないから」

三浦さんの見せる姿のなかで、俺はこれだけは好きじゃなかった。

「三浦さんがどう思おうと、俺の中では変わらないな」

「……あんたって、本当に」

「俺とありさの置かれた状況を知るや否《いな》や、こうして手を貸してくれている。それだけで俺にとっては十分すぎるほど有難いから」

三浦さんと初めて話した時のことを、ふと思いだす。

俺はあまり口がうまくないから、事情は何も聞かなかった。

ただ、三浦さん曰《いわ》く、その時出したココアが美味《おい》しかったからというだけで、こうして返礼と称して俺の生活を助けてくれている。

「ココアのお礼にしては、貰いすぎている」

そう言うと、三浦さんは呆《あき》れたように溜《た》め息を吐《つ》いて。

それから、いつものように、俺が好きな彼女の穏やかな笑みが咲いた。

「あなたの労力と、感謝の気持ちは比例しないのよ」

果たしてこれが、人を骨抜きにする地雷系メンヘラ女、というやつなのだろうか。

俺には少し、分からなかった。

ただ、俺は三浦さんになら騙《だま》されていても良いなと思った。

「やはり……これが籠絡《ろうらく》だと言うのなら、構わない」

安慶名《あげな》には悪いが、やはり男というのは単純なものなのだろう。魅力的に思っている人が微笑んでくれるだけで、こうも簡単に幸せを感じてしまうのだから。

「は？」

ん、しまった口に出ていた。

「え、は？　籠絡？　何が？」

おかしい。三浦さんの笑顔には、いつも幸せを感じているはずなんだが。

なんだろうこの寒気じみた感覚は。

「いや、なんでもない」

「なんでもないにしてはだいぶな発言だったと思うんだけど。なに籠絡って」

「あー、っと。もちろん俺は俺にそんなことをする価値がないことは分かっている」

「あんたがどう思おうとあたしの中であんたの価値は変わんないのよ、どうでもいい謙遜はあとにしてくれる？」

怒っていた。笑顔のまま、彼女の小さな額に、青筋を幻視した。

一歩、また一歩と詰め寄られるなか、俺はなんとなく後ろに下がることもできないでいた。怒っている三浦さんをありさに見せたくない。

「誰に言われたの？　あんたが、あたしに、籠絡されてるトカ」

「誰かに言われたというか」

どうにかはぐらかそうとすると、三浦さんはすぐさま手口を変えた。

きゅっとその形の整った唇をすぼめて、俺の手を取って、潤んだ瞳を上目遣いにして覗《のぞ》き込んでくる。

「あたしぃ、あなたに嘘吐かれたりしたら、泣いちゃうかもぉ」

「クラスメイトです」

我ながら、抵抗力が中学物理の摩擦係数レベルだった。

「ふぅん」

「あの……三浦さん？」

切り替えの速さが怖すぎた。何やら考え込むように口元に手を当てて、壁を睨んでいた。

「俺はそれでも構わないというか。三浦さんの真意がどうあれ、結果が全てだと思っている。そも、俺の価値という一点が足を引っ張っているからして、三浦さんにとってはたいそう不名誉なことだとも思うし、否定していただいても全然」

「舞園は」

俺の言葉を遮るように、不満げな三浦さんの視線が俺を穿《うが》つ。

そっと人差し指で自身の柔らかそうで血色の良い唇を撫《な》でながら。

「……魅力的だと思われたいひとに、そう思って貰えるよう努力することを、籠絡と言っていいと思う？」

「どうだろう。そう言えなくもないが、言葉が悪すぎる気もするな……」

「じゃあ、あながち間違ってもないのかもね」

「へ？」

あっけらかんとそう言って、いたずらっぽく三浦さんは片眉を上げた。

「それは、どういう」

「意味はまだ聞かないで」

そう言って、三浦さんは軽くウィンクをひとつ。

「あと、あんたはもう一度自分の価値を見直すと良いわ。ちょっと真面目すぎるところはあるし、家の状況も不安定かもしれないけど……それを覆《くつがえ》すくらいあんたを支えてくれる人たちは居るし、その真面目さのおかげで持ってる優しさとか甲斐性《かいしょう》とか、ちゃんと将来考えて頑張ってるとことか、小さなひとつひとつに気付けるとことか——」

三浦さんの言葉が途中で止まった。俺は褒められているのか？　と少し柄にもなく面映ゆく思っていたところだったんだが、何やら片手を顔に当て、俺との視界を遮るように。

「…………忘れろ」

「えっ」

「今の無し」

「そ、そうか」

少しばかり、残念ではあるが。

「どうして無しなのか、聞いてもいいか」

「そんな寂しそうな顔しないでもいいじゃない……！」

「してないが」

してないが。

「天秤《てんびん》が釣り合わないからよ！　あたしばっかりあんたが——じゃなくて！　えっと、そう！　籠絡とか言ったやつ許さないから！　おおかたあんたのことが好きなのよそいつは！　はは、ざまあ！　あたしはありさにねえさんって呼ばれてます！」

「み、三浦さん……？」

なんか壊れた。

安慶名はいちおう、俺に善意で忠告してくれたと信じたいが。

好き云々《うんぬん》で言えば、高校になっていい加減縁が長いねくらいの話しかないのだし。

しかし……安慶名で思い出したが。

『めっちゃ感情的』

今の三浦さんはちょっと否定ができないな……。

「その、ひとつ聞いていいか？　ある種、誤解を解きたいというか、きちんと否定しておきたい程度のことではあるんだが」

「——舞園に悪評とかついたらだるいから学校じゃ接点ないけど、あんたの嫌いな女はあんたの好きな男の家に入り浸ってるのよ、それ知ったらその女はどうなるかしらね！　誰か知らないケド！」

「三浦さん？」

「なに！」

ばっと振り向いた三浦さんに、念には念をと思い聞いておく。

「三浦さんは、地雷系なのか？」

三浦さんはキレた。

03：バイト先・喫茶サンドラ

「それは賢誠《けんせい》が悪いね」

カウンターに頬杖《ほおづえ》を突いて、仏像のような余裕のある笑みを浮かべながら、俺の恩人は昨夜の騒動に一言で結論を付けた。

ここは大正時代を彷彿《ほうふつ》とさせる古き洋館をイメージした、落ち着いた内装の純喫茶。

俺が零《こぼ》した昨夜の出来事を聞いていたのは、小洒落《こじゃれ》た白いワイシャツに黒のベストを着こなした、すらっと背の高い三十歳。

名を里中亭《さとなかとおる》と言い、まごうことなき俺の恩人である。ちょっとアレな人だが。

俺の苦境を知り後見人に立候補し、持っているアパートの一室を与えてくれ、こうしてこの店でバイトまでさせてくれている、一生ものの恩人だ。ちょっとアレな人だが。

サイフォンを温めるアルコールランプの火を眺めて、この店のオーナー兼マスターたる里中さんはいつものようにカップを手に取る。

珈琲《コーヒー》を淹《い》れる準備の所作も、相変わらず見栄《みば》えする人だ。ちょっとアレな人だが。

「はい、おっしゃる通り全面的に俺が悪いです」

昨夜については少なくとも、俺の発言が軽率であったことは確かだ。

地雷系というのはどうやらとんでもない人間のことらしいし。

「で、謝ったの？」

「はい。撤回のうえ、謝罪を」

「……の割には」

ちらっと里中さんが目をやった先に、俺もつられて視線を向けた。

ふわりと、白と黒のコントラストが舞う。

「いらっしゃいませぇ♪」

店内に広がる木目調のセラミックタイルを舞台に、ふわりと広がるシックなスカート。

満開の笑顔は作りものめいていて、しかし目が合った相手を魅了する力を持つ。

彼女が袖を通したエプロンドレスは、メイドというより給仕《きゅうじ》の真似事《まねごと》をするお姫様だ。

「こちらのお席へどうぞぉ。本日おすすめはハワイコナ、程よい酸味の香る一杯です♡」

先月この喫茶サンドラでバイトを始めた三浦さんは、既に看板ウェイトレスだ。

制服が可愛《かわい》いのが気に入ったらしい。

「あ……ぷいっ」

俺と目が合うと、思い切り顔を背けられてしまった。

「やっぱり、へそを曲げられてしまったままのようだけど」

「失言をしたのは俺なので、許して貰《もら》えるまで謝罪を続けるつもりです」

「なるほど？」

里中さんは優雅な笑みを崩さずに、豆の匂いを確かめながら俺を見る。

「ちなみに、どうしてそんなことを聞いたんだい？」

そも、俺がそんなことを問うたのは、三浦さんが見せる寂しそうな顔が気になったからだ。そうしたら違う爆弾の導線に火をつけてしまったというか。べつにこれは地雷とかけているわけではない。

「三浦はなんて言ってたの？」

そう聞かれて思い返す、三浦さんの言葉。

『そんなてきとーなレッテル貼りはごめんだわ。あたしはあたしよ！』

そのまま里中さんに伝えると、腕組みして苦笑いした。

「うーん、地雷系が言いそうでもある、かも」

「そうなんですか⁉」

ばかな。どうして外堀ばかり埋まっていくんだ。

と、そこに割って入るように、靴音。

三浦さんのお気に入りの、黒のメリージェーンの音だ。最近分かるようになった。

「ハワイコナ二つ入りまぁす♡」

「分かった」

里中さんにオーダーを通すと、そのままくるっと三浦さんは俺に向き直る。

軽やかなターンに、ワンテンポ遅れてメイドスカートがゆったりと舞う。

小ばかにしたようなきょとんとした顔で、そっと自らの唇に人差し指を当てて、よそ行きの猫被《ねこかぶ》りをしたまま、普段より少し高いトーンの声が俺の耳に入ってくる。

「舞園くんはぁ、仕事もしないでなに見てるのかなぁ?」

「すまない、三浦さんを目で追ってしまっていた」

「っ‼」

とたんに俺から離れる仕草は警戒した猫か何かのようで。でも猫被りのような顔はどこかに行って、代わりにいつもの三浦さんが、怒ったように俺を睨《にら》んだ。

「あーあ、賢誠はさあ」

「俺はただ、昨日から努めて正直な謝罪を」

里中さんが呆《あき》れるということは、俺がしくじったということだ。

どうやらまた怒らせてしまった三浦さんに謝るべく、俺がもう一度三浦さんを見ると。

「ばーか」

無理くり作ったような強気な表情、その頬にほんのりと朱を乗せて。

彼女は血色の良い舌をちろりと出してから、トレイを片手にお客様へのサーブへと向かっていった。

「良かったじゃん」

「何がですか？」

サイフォンの中で、お湯が沸騰する。

ロイヤルコペンハーゲンのカップを温めながら、里中さんはウィンクした。

「三浦の機嫌は直ったみたいだよ」

「何故《なぜ》……？」

俺にはよく分からないが、相変わらず店内は三浦さんの独壇場。誰からも愛されるような愛嬌《あいきょう》を振りまき、今日も今日とて大人気のウェイトレスさんだ。

確かに、機嫌が良いような気も……する。また目が合った三浦さんは、ぴんとその髪が逆立つように反応して、それからトレイで俺との視界を遮った。

「謝罪も誠意も大事だとは思うけど、人間関係なんて結局は感情との折り合いでしょ」

「感情との、折り合い……その、感情的なのはあまり良くないことと聞きますが」

「理性でなんもかんも解決できたら人間社会は複雑じゃねーよ。お前は死んだ方が効率的だって言われて死ねるかい？」

それは極論では……。

「土砂降りの雨ん中、冷えた身体《からだ》に差し出されたココアがあったとしてさ」

「えっ？」

「そこに店員として代金を請求するのが理性ってやつだよ。お前、あの日あの子に奢《おご》ったんだろ？」

「……どうしてそれを」

「感情的ってのはそういうことだから。その結果として、あの子は今ここに居る」

「いや、この店で三浦さんが働くのは、ここの制服が可愛いからと言ってましたが」

「はー……んなもん真に受けてどーするんだか」

常連に話しかけられて、笑顔で応対して。気付けば追加の注文をもぎ取っている三浦さんは、たくましいというか底知れないというか。

ああした面を見ると、安慶名《あげな》の言ったことじゃないが……俺もいずれは三浦さんに傀儡《かいらい》の如《ごと》く全てを搾り取られてしまうような想像はできる。

少なくとも、三浦さんに何かをおねだりされて断れる自信は俺には無い。

「結局、何が正解なんでしょうか」

「謝罪が悪かったわけではないと思うし、それは誠意として間違ってはいないけど……単純に、感情を害されたんだからその穴埋めをするのが正しいんだよね、これが」

「えっと？」

「要は機嫌を取れってこと」

おお。不愉快にされたんだから責任取って愉快にしろ。なるほど道理だ。

流石《さすが》は里中さん。人生経験が俺とは違う。

「やはり、それも里中さんの経験の中に？」

「オレ？　あーまぁ、そうだねえ。オレは女に機嫌取らせることはあっても、女の機嫌は取らないからなあ」

「世の中は平等じゃあないですね……」

「そうだよ。オレはそれをいつも、賢誠に教えているはずだけどね」

人生経験が違いすぎると、学びにならない気がしてきた……。

「三浦なんてほぼゲットしたも同然なんだから、賢誠のボーナスタイムみたいなところあるのになあ」

「ちょっと何言ってるか分からないんですけども」

「賢誠が強く押せばなんでもやってくれるんじゃない？」

「あんた人をなんだと思ってんだ⁉」

たまに尊敬すべき恩師を尊敬すべきでないと己の本能が叫ぶ……！

「と、ともあれです。機嫌を取る、は素晴らしい案だと思うので実践してみます。ありがとうございます、里中さん」

「ああ。もし三浦をどろどろに依存させてなんでも言うこと聞かせたくなったら、それもいつでもアドバイスするから」

「そんなことするわけがないだろう‼　恩人だぞ‼」

というか、そんなこと出来るのか……。

三浦さんが、どろどろに依存して……なんでも俺の言うことを聞く……。

『いやっ。捨てないで、舞園。あたし、あなたのためだったら……』

あの三浦さんが、みっともなく俺の足にしがみついて、服をはだけさせながら、吐息に艶香を纏《まと》わせて、耳元で。

『なんでも、する……からぁっ……』

………………。

「青少年、今何を考えているんだい？」

「何も考えていません。決して」

「若いっていいねえ」

「俺は何も考えていませんと言っています！」

というよりなんなんだその里中さんの恐ろしい発想は。

「そも、里中さんはまるでできるとでも言いたげですが、本当にしたことが――」

そう聞くと、今日も今日とてずっと変わらずににことアルカイックスマイルを絶やさない里中さんが、変わらず俺の前で微笑《ほほえ》んでいる。

うわあ……やっぱり聞きたくない……！

やめろ、今指を折るな、幾つ折れてるんだそれ、七、八……⁉

「見てくれが三浦に似てる子もいたね」

「その発言はライン越えだろ‼」

「むしろ三浦が異常個体でしょ。地雷系のテンプレなんて、ちょっと気分よくさせてあげたらあっという間なんだけど。あの子たち、自尊心満たして退路断っちゃえば勝ちだし」

怖いです怖いです里中さん。

「喜んで裸の自撮り送ってくるように仕向けてみようか？」

「誰を⁉　いやスマホ出すな！　ＬＩＮＥ開くな！　ボタンひとつで人の心を変えようとするな！　怖いんですよ！」

「賢誠もさっき言ってたじゃん。地雷系っていうのは、感情の起伏が激しくて自己愛が強いものだって」

「いやまあ、言いましたけども」

昨夜の事情を説明するにあたり、安慶名の言っていた地雷系メンヘラ女とやらの特徴についても、里中さんには話をした。

それに三浦さんが該当するとは思いたくないが。

「だからその自己愛を少し刺激してあげて、機嫌を取って、あとは押し引きのバランスできるわけ。まー、三浦には使えない手段だからおすすめはしないけど」

「使わないと言っているでしょう！」

……というか。

「やっぱり、里中さんから見て、三浦さんは違うんですね」

「違うね。そもオレが食うタイプの子だったら雇ってないし。あとがめんどくさいから」

里中さんがそう言うなら、そうなのだろう。

わりとほっとしたというか、なんというか。

「ま……地雷系の話はどうあれだ。聞きたいことは本人に聞けばいいと思うよ。で、不愉快にさせたなら愉快にする。それが賢誠にできることだよ」

「それは、はい。ありがとうございます」

三浦さんを怒らせたくはないが、俺は自分が失敗しない自信がない。

だったら次善策として、三浦さんを愉快にすることをたくさんしよう。

「ちなみにその……里中さんは、三浦さんのことをどう思っているとか」

「何も思うわけないでしょ。良い子だなってだけだよ。歳《とし》も倍違うんだからね？」

「里中さん、若く見えるので……」

「ま、そうじゃなくてもオレは良い子に手は出さない主義なんだよね。加えて店の子でもあるなんて、火遊びにしちゃ、めんどくさすぎる」

「それを聞いて安心しました」

三浦さんが、その。俺の知らないところでどうこうなるとか、あまり考えたくない。

それがどうしてかまでは、その時は深く考えなかったが。

† † †

不愉快にさせたのだから愉快にする。まったく道理である。

俺にとっての三浦さんは、恩人だ。

出会いこそ、俺がバイト先である喫茶サンドラの店内に招き入れたことだが、それ以降は彼女の言う〝恩返し〟に、随分な過払いをさせてしまっている。

だから三浦さんにできることをしたい。

着替えを終えてサンドラを出ると、目の前はお洒落《しゃれ》な通りになっている。深夜まで車は通ることができない、幅広の遊歩道とでもいうべきか。

お洒落なカフェやブティックが立ち並ぶこの通りを見ると、いつも思う。

バイト先でなかったら一生縁のない場所だなと……。

「舞園」

俺を呼ぶ、いつも通りの優しく涼し気な声色。バイト先でのあの甘えた感じの声も好きだが、こちらの方が本来の三浦さんという感じがする。

少し視線を巡らせれば、ブティックの軒下に彼女の姿があった。

黒を基調に、マットなピンク色をあしらったワンピース。腰のところでぎゅっと絞られたデザインは、ひだ付きのミニスカートも相まって女の子らしさを際立《きわだ》たせている。

あのちっちゃいリュックもあって、なんというか可愛《かわい》いの擬人化か？

色んな服を持っているなあ、と、ぼんやり思った。

「今日もありがとう、三浦さん」

「なんでバイト同士でありがとうなのよ」

「三浦さんが入ってから、お客さんの評判が良いらしい」

「ああ、そう……」

あまり興味がなさそうに、彼女はその艶のある髪を耳にかきあげた。

彼女の髪は、シャンプーの広告にあるようなさらさらとした髪というより、一本一本が光沢を放っているような綺麗《きれい》な印象だ。

こうしてかきあげた髪も、一本一本がすだれのように指をすり抜けていく。

「なに」

「強《し》いて言うなら……綺麗な髪だなと」

「はぁああ……褒めてくれるのはありがたいけど、片端からこれも良いあれも良いって言われても、反応に困るのよ」

困惑したように三浦さんは言った。

「オーナーに何か言われたの？　とりあえず褒めとけーみたいな」

「いや、そういったことは特には。え、里中さんのイメージそんななのか？」

「まあ、女の敵みたいな雰囲気は凄《すご》いわね。というより……」

少し目を伏せて、三浦さんは言った。

「あたしが入る日にね。何よりも先にあの人が言ったのが、『賢誠をよろしく』だから。愛されていてなによりね、舞園は」

「そうだったのか。それは、どういう意味だろうな……」

俺をよろしく……里中さんから見たら俺はまだ未熟だから、支えてほしいということか。

悩んでいると、三浦さんは小さく吹き出した。

「ふっ……」

「三浦さん？」

「べつに。意味が分からないなら分からないで良いわ」

そうか？　そうなら良いが。ただ、少し気になるのは。

「俺をよろしくと言われて、三浦さんは無理をしていたりはしないか？」

「まさか。不満があったらとっくに辞めてるわ」

「なら、良かった」

そのさらっとした返事と、三浦さんの見せる自然な笑みに、俺はほっとした。

「……ほら、今日オーナーと色々話していたでしょう？　あたしの機嫌がどうのって、少し聞こえたんだから。それで、ご機嫌取りのアドバイスでも受けてるのかと思ったの」

しまった。それは図星である。

「……それと、これとは、関係がない」

誤魔化そうとしたが、隣から三浦さんに覗《のぞ》き込まれてダメだった。

半眼で見上げられて、その長いまつ毛が俺を総出で突き上げている。

「アドバイス自体は受けたわけね……」

「だ、だが！」

そう、だがだ。

「三浦さんを綺麗だと思うのは俺だけの気持ちだ、それは信じてほしい！」

強い意志とともに、三浦さんに宣言した。誤解を解くために。

「そっ……」

そ？

「そんなこと、こんな大通りで言うなぁ！」

言われてみれば、周囲からは随分と見られていた。確かに居心地が悪い。土地柄か、俺たちを見ているのも、カップルだらけだし。

「……すまない」

「ああもう、こっち来い！」

三浦さんは俺の手を引っ摑《つか》んで、通りを逸《そ》れた細い道の方へと進み始めた。

「はーもう、あんたってやつは」

「すまない」

「あたしみたいなのをね、そんな風に言うもんじゃないの」

「すまない」

「あんたはちゃんとした人間なんだから」

「すまない」

ずんずん進みながら彼女は怒り心頭の様子で言う。

俺はされるがままに手を引かれながら、どうにか彼女の怒りをなだめようと頷《うなず》いていた。

いたんだが……なんだか変だ。あたしみたいなのをそんな風に、とは？

「三浦さん、ＴＰＯを弁《わきま》えなかったことは、申し訳ないと思う」

「そうね！」

「だが、三浦さんをその、褒める気持ちは変わらない」

「っ」

「それとも俺は、人を褒めるのに不的確な言葉を使ってしまっていたのか？」

地雷系、という言葉を不用意に聞いた時のように、俺は知らないうちに――。

と、そこでぴたっと三浦さんは立ち止まった。

「それはっ……そうじゃないけどっ」

くるっと振り返った三浦さんは、艶やかな唇を尖《とが》らせてそう言った。

「……」

しかし、なおも三浦さんは俺を睨《にら》んでいる。何かが不満なように。

おそらく、俺がTPOを弁えなかったことが原因だ。

謝ろうとして、はたと気が付いた。今もこうして散々謝ったが、三浦さんの機嫌は損なわれたまま。里中さんが言っていたじゃないか。

不愉快にしてしまったのなら、愉快にする、と。

ただ、三浦さんは褒めてもあまり喜んではくれない。

「三浦さん」

「なに」

「俺にしてほしいこととか、ないか」

漢《おとこ》賢誠は、ストレートに聞くしか能がない……。

「……」

三浦さんは驚いたようにぱちぱちと目を瞬《しばたた》かせてから、少しだけ考えるそぶりを見せて。

それから、困ったように言った。

「あなたが心身ともに健康なら、それで良いわ」

……これだ。結局のところ、俺はこの陰のある三浦さんの顔が好きじゃない。何かを諦めたような、寂しそうに感じるこの顔が。

とはいえ漢賢誠は、ストレートに食い下がるしか能がない。

「それでは俺の気が収まらない。何か好きなこととか、興味があることとか。俺にできることがあるなら、させてほしい」

「そんなこと言われても……」

「どうか、俺を助けると思って」

「分かった、分かったから！」

そう言って、改めて三浦さんは考えて。それから、ちらっと俺を見上げた。

細い路地裏の、誰にも見えない暗がりで、三浦さんの頰は少しだけ朱に染まっている気がした。

「三浦さん？」

「…………じゃあ」

「ああ」

「ちょっとだけ……」

そう言って、一歩近づいて。するっと俺の背に両手を回し、三浦さんは俺にぎゅっと抱き着いた。腹部に柔らかな感触、それから胸元にぐりぐりと押し付けられた三浦さんの額。何が起きているのかを俺が認識するよりも先に、その温《ぬく》もりは離れていった。

「……ん、これで」

「えっ」

「帰りましょう」

そういって、すたすたと歩いていってしまう。

今、抱き着かれた……よな？

「待ってくれ、三浦さん」

「♪」

慌てて追って隣に追いつくと。

三浦さんはなぜか、もうすっかりご機嫌だった。

04：みつめいがくだる。

ある日の朝のことだ。

俺は幾つかのバイトを掛け持ちしていて、朝は基本的に新聞配達を行なってから家に戻ってきて朝ごはんを食べて学校に向かう。

その朝ごはんの時間が、一日の中で妹のありさと必ず話せる時間でもあるのだ。

夜は夜でバイトから帰ってくる頃には、ありさは寝ていることも多い。

暗い部屋に帰ってきて、寝息が聞こえてくるたびに……申し訳なく思う。

申し訳ないレベルで言うと、そのありさの寝かしつけや、こうして朝食を作りにやってきてくれている三浦さんへの申し訳ないレベルはさらに上なんだが。

今日は出汁巻《だしまき》とソーセージ、付け合わせのミニトマトにごはんとお味噌汁《みそしる》。

日本の朝食って感じだ。

なんというか、三浦さんの作る食事は地に足がついていて、落ち着く。

最近お上品なお嬢様スタイルにハマっているのか、なぜかナイフとフォークでソーセージを切り分けて食べていたありさが、ランドセルから一枚のプリントを取り出した。

「そうだ。にいさん、みつめいがある」

「また難しい言葉を憶《おぼ》えてきたな」

「♪」

何やら真剣な表情で見上げるものだから何かと思った。

プリントを握りしめたありさは、密命などという物々しい任務を抱えているらしい。いや、この場合は俺に任務を用意してきたってことになるのか？

「みつめい……？」

三浦さんはよく分かってなさそうだった。

「舞園、みつめいって何？」

こそっと、隣から耳打ち。無知が恥ずかしいのか、少し声が上ずっていた。

「秘密の命令だ」

「えっ、あっ」

三浦さんは慌てたように耳を塞いだ。

「？　ねえさんどうしたの」

「ありさから俺への密命だから聞かないようにしてくれたんだと思う」

かわいい人だ。

「！」

ありさは何やらはっとしたように、三浦さんの袖を引いた。

「ねえさんにもみつめい」

「あ、聞いていていいの？」

「みつめい」

ふんふん頷くありさ。なんだか、ふたりを一生眺めていたくなる光景だった。

改めてありさの密命を聞こう。

「これ」

握りしめていたプリントが、食卓の上にそっと出された。

「……授業、参観」

少し目を見開く三浦さん。

「そうか」

なるほど、と納得した。これは確かに、大切な任務だ。

日付は来週……バイトの日ではあるが、頭を下げてずらして貰《もら》えるよう願い出よう。

学校は早退する。単位は問題ない。

「えと」

気づけばありさが恐る恐る俺を見上げていた。

「これる?」

「ああ、必ず」

「やった」

「密命だからな」

「そう、みつめい」

ふんふん頷くありさを見ていると、自分でも口角が緩むのが分かってしまう。

と、視線を感じてちらっと三浦さんに目をやった。

頬杖《ほおづえ》を突いてにこにこしていた。

「あ、一生やってていいわよ。眺めてるから」

さっきの三浦さんとありさみたいに見えたのだろうか……。

† † †

「大丈夫なの?」

「というと?」

ランドセルを背負い、かっ飛ぶように学校に向かっていったありさに続けて、外に出る。

良い天気だった。雲はちらほらとあるものの、ひとつひとつは小さなものだ。

「そりゃ、授業さ……みつめいよ」

「言い直さなくてもいいのでは」

ありさに合わせてくれているのか……それともちょっと気に入ったのだろうか。

ともあれ。

「サンドラでのバイトについては、日をずらして貰えるよう頼んでみる」

「学校は？」

「早退する」

「……まあ、あたしに止める権利はないけども」

口元に指を当て、何やら考え事をしながら、三浦さんはアパートの錆《さ》びた階段を下りていく。

どうしたんだろう。

「あなた今、バイト幾つ掛け持ちしているの？」

「いつもは三つだ」

サンドラと、新聞配達、それから道路整備。日雇いのサイトに登録しているから、休みの日は会場設営などのバイトをしている。

「……」

腕を組み、難しい顔で俺を睨《にら》む三浦さん。

制服とはいえ、可愛《かわい》らしい意匠のちりばめられた恰好《かっこう》の三浦さんが、目を細め真剣な表情で俺を見つめているのは、なんだかちぐはぐだけど魅力的だった。

そんなことを考えるくらいには、俺は三浦さんの思案げな顔の理由が分かってない。

「逆に聞くけど、どうして高校行ってるの？」

「それは、里中さんに勧められているからだ。俺自身も、高卒の資格はあった方が良いと思っているし、学費も援助して貰っている」

「んー……」

「三浦さん？」

「なんか微妙」

「微妙か」

何がだろう。

「前々から引っかかってたんだけど、オーナーはあなたの後見人なわけでしょ。だったらもう少し面倒見てくれてもいいと思わない？　お金にも余裕があるみたいだし」

「流石《さすが》にそれは、あつかましいというものだろう」

「何があつかましいってのよ、面倒見るってんなら面倒見なさいよ」

そういうわけにもいかないのだ。

「実は、最低限の支援にしてもらうようには、俺から頼んでいるんだ」

「はいぃ？」

理解できないものを見るような目をされた。

「このままだと俺は、一生かけても里中さんに恩を返しきれない」

なんの縁もない俺とありさの後見人になってくれた。住む場所も学ぶ場所も与えてくれた。俺とありさが離れ離れにならないようにしてくれた。

「それだけでも十分すぎるほど甘えているというのに、サンドラで雇ってくれた」

「……雇ってくれた、って」

「あの人の店で働けることは、俺にとっては恩返しの実感にもなっている。きっとその心の持ちようも考えて、雇ってくれたんだと思う」

「……」

なんだか苛立《いらだ》ったようにつま先で地面を叩《たた》く三浦さんに、いったん俺は最後まで言った。

「だから俺は、なるべく里中さんには迷惑をかけたくない」

「は――……」

でっかい溜《た》め息だった。

「信じらんない。ばっかじゃないの」

「そんな言う?」

「言うでしょ。言うわよ。言わないわけないでしょうが」

「そりゃまたなんで」

「あんたまだ十六歳でしょうが!」

十六歳だが……。

「なにきょとんとしてるわけ? 信じらんないわ。はーあ。あほくさ」

ひどい言われようである。

「三浦さん、俺は何か間違ったことをしているか?」

「合ってるか間違ってるかで生きてんじゃねーわよ、本当《んっと》に。ちょっともう……いや、いいわ、これは今度で」

「三浦さん……?」

なにやらぶつぶつ言っている。

……まあ、いいか。

「それで……結局何が微妙なんだ? 授業参観の話から始まった流れなわけだけど」

「……舞園ってさ、頑張ってるじゃない」

……どういうことだろうか。

三浦さんは、遥《はる》か先を睨んでそう呟《つぶや》いた。

「頑張ってる人が、割を食ってる感じがするのが嫌」

「……」

「頭じゃ分かってるけど。人間の身体《からだ》はふたつもないし。でも、なんであたしと同い年でここまで頑張ってる人が、妹のお願いひとつ聞くにも学校とかバイトとかで悩まされるんだろうって思っただけ」

「べつに、悩むというほどでは」

「頭じゃ分かってるっつったでしょ！」

「あ、はい、ごめんなさい」

「ぐぬぬ……なんで謝るの、違うでしょ……もうちょっと、こう、ちきしょー……！」

な、なにをそんなにお怒りで……？

サンドラに来る営業マンみたいに手をろくろみたいに回している。

あ、ぎゅっと握った。

「……なんで、そんな生活が当たり前って顔してんの！」

「なんで……？」

「もっと欲張ればいいじゃない。もっと文句言っていいじゃない。学校行ってバイトして、妹の面倒まで見ていつも頑張ってんのに、すんなり立派なお兄ちゃんすらさせて貰えないってことじゃない！」

「や、まあ……そう、かな？」

「そうなの！　早退するからおっけーとか思ってんじゃないでしょうね！　しばくぞ！」

「しばかれる……」

　三浦さんは大変にお怒りだった。

「だいたい、なんのためにバイトしてるのよ！」

「それは……」

　家賃や生活費、その他もろもろの雑費。

　生きていくため……だろうか。いや、それなら里中さんが担保してくれている。

　だからそれでも里中さんの助力を最低限に、俺がバイト漬けで金を稼いでいるのは。

「強《し》いて言うなら、家族を自分で守るため、か？」

「……家族を」

「貯金だってしてないわけじゃないんだ。いざという時のために」

「……」

できることなら、里中さんに頼らずに誰かを守れるように。

「ぐぬぬ」

まだお怒りは冷めやらぬ様子の三浦さん。

ただ、そのお怒りが俺を想《おも》ってくれていることくらいは、流石に分かるのだ。

だからといって俺に何ができるというわけでもないけれど……。

そうだな……。

「じゃあ、良かったら行ってくれるか？」

「えっ……あたしが？」

「ああ、三浦さんにも密命出てたし」

きっとありさも喜んでくれるだろう。三浦さんには、めちゃくちゃ懐《なつ》いているし。

そう思って聞いてみると、先ほどまでのお怒りムードは一変していた。

「それは……」

目を伏せて、きゅっと自分の指を握っていた。

突然しおらしくなってしまった三浦さんに、あっと気づく。

……随分、都合の良いことを聞いてしまった。

「いや、すまない。無茶を言った」

「え、あ、うん……」

いくらありさが懐いているからと、三浦さんの気持ちも考えずに。

「というかそもそも、学校は三浦さんにもあるし」

「それは大した問題じゃ、ないんだけど……あなたと違って優等生でもない、し……そうじゃなくて、えっと」

「いや、悪かった。変に惑わせるようなことを言った。本当に気にしなくて良い」

「……」

迂闊《うかつ》なことを言ってしまった手前、なんて言おうか悩んだんだが。

不愉快にしてしまったなら愉快にしろ、だ。

「そういえば、今日は三浦さんもサンドラだったよな。実は里中さんが――」

ある程度話題を変えて、努めて明るく。

それが功を奏したかどうかは分からないが、三浦さんは曖昧に笑って頷《うなず》いた。

「ん……ごめん」

その謝罪が、何にかかっているのか。

なんとなく、先のやりとりのことを指しているのは俺にも分かった。

だからそれに関しては、触れないでおいた。
ありさを引き合いに出してしまったら、三浦さんも心苦しいんだろうな、きっと。

05：貼られるもの

そういえば、三浦さんとひとつ約束していることがあった。

それは、学校では話さないこと。

どうしてなのか、その理由は教えてくれなかったが……思えばその時も、今朝のような顔をしていた気がする。らしくなく俯《うつむ》いて、寂しげで。

俺は三浦さんのことを、まだよく知らない。

それに三浦さんは知られたくなさそうだし……。

なんてとりとめもないことを考えながら、お手洗いに向けて歩く校舎の廊下。

二限の休み時間。ゆるキャラを適当にいなしながら向かった先で、女子トイレから出てくる三浦さんとばったり。

素のリアクションらしく目をまんまるにした三浦さんは可愛《かわい》くて、つい笑ってしまいそうになったんだが——そこで面倒なことが起きた。

「おい、舞園ぉ」

「……金子《かねこ》先生ですか」

俺と三浦さんの間に影が差す。大柄で坊主《ぼうず》頭。妙に童顔なのが、昔やんちゃをしていたと自慢する元不良感に拍車をかける、クラスの担任だ。

「なんだ？　真面目が服着て歩いてる奴《やつ》が三浦と一緒とは……面白い組み合わせだな？」

「一緒にいたわけではありませんので」

三浦さんは、険しい表情で歩き去ろうとした。

「待てよ三浦」

「……なんですか？」

煩わし気に振り返る三浦さん。なんだか、俺の知らない一面だ。

金子先生は確かに居丈高で粗暴な教師ではあるが、毛嫌いするほど鬱陶しい人でもないはずだった。少なくとも俺はこの先生から実害を被《こうむ》ったことはない。

ただ、三浦さんと金子先生が向き合うのを見て、俺は目を細めた。

どうやら金子先生を嫌う理由がなかったのは、俺が〝優等生〟だったからのようだ。

「お前、最近帰り時間が随分早くなったらしいな。夜、渋谷の駅前でお前を見たって話も聞くんだが……学校の名前に傷がつくようなことしてないだろうな？」

「してません。ただのバイトです」

「そう言ったところで信用は無いってのも分かってるか？　派手な恰好《かっこう》して繁華街うろついて……なあ、バイトってのはそういう」

金子先生がそこまで口走ったところで、三浦さんは一瞬俺に目をやった。

本当に刹那のことだったから、見間違いかもしれないが……泣きそうなようにも見えて。

すぐに三浦さんは金子先生に敵意のこもった目を向けて、言った。

「違いますから。あと、それセクハラですよ先生」

「はっ。近頃の生徒はすぐにそーやって、ネットでかじった知識で大人をどうこうできると勘違いしやがる。ガキ一人がイキったところでどうにもならねえよ。何でどうセクハラだっつーんだ?」

「っ……」

「やれやれ。俺がお前らの歳《とし》の頃は、教師に逆らうなら逆らうで相応の準備ってもんをしたよ。頭数揃《そろ》えて、教師がやめてくれって叫ぶまで戦った。その気骨がねえんだよなー。なよっちいファッションのやつばっかでよ」

まあ、と俺を見て金子先生は続けた。

「舞園みたいなのはいつの時代も教師に逆らわない良い子ちゃんだからな。成績も良いとくりゃあ、教師の立場になってありがたみが染《し》みるよ。昔の俺たちは教師にさぞ嫌われてただろうなあ」

自分がいかにヤバい不良だったかを織り交ぜつつ、金子先生は圧をかけてくる。

ただ、その話がどうつながるのかは理解できない。

「もういいですか」

教室に戻ろうとする三浦さんを、金子先生はなおも押し留《とど》める。

「その教師に対する態度がさ、余計に成績に響いてるっていい加減気づいとけ？」

……流石《さすが》にそろそろダメだろこれ。

「先生。俺を呼び留めた用件は？」

「……」

声をかけると、面倒くさそうに金子先生が俺を見た。

「お前、タイミングってもんが……」

そう呟《つぶや》いた瞬間、三浦さんはそそくさと去っていく。

「じゃあ失礼します」

「あ、おい――ったく。……ん？」

そして何やら、子どものように表情を歪《ゆが》めて笑った。

「舞園くんさあ」

おそらく一九〇センチを超えている屈強な男が、俺の肩を無理くり組んだ。

「お前もしかして、三浦を庇《かば》ったつもりなの？」

肯定も否定もせず、問いかえした。

「……俺への用件はなんだったんです？」

「……ちっ。気に入らねー。お前妙なところで突っ張るよな」

金子先生は、ばっと俺の肩を突き飛ばすように払った。

「真面目ちゃんが突然調子こいたところで、袋叩《ふくろだた》きにされて仕舞いだからな？　分かってねえっつーか、教えてくれるチンピラが居なかったみてえだけど」

苛立《いらだ》ちのままに耳をほじりながら、先生は続けた。

「用件は……そぉだな。育ての親に迷惑をかけたくなければ……少し身の振り方を考えろ。親が居ねえからダメなんだとは言われたくねえだろ？」

「……はい、気を付けます」

「そんだけ。ばいばい」

言うだけ言って、のしのしと大股で金子先生は歩いていった。

「あ、そーだ」

金子先生は振り向いて、ニヤッと笑った。

「童貞クンがうっかり惚《ほ》れるにゃ、刺激が強すぎるからやめときな。まあ、だから惚れたのかもしんないし、そーゆー勘違いさせるのが楽しいんだろうけどよ」

……なるほど、どうやら。

俺の目が節穴だったようだ。

†　†　†

「ようしお前ら、気を付けて帰れよー」

「金子先生も気を付けて帰れよー、痴漢とかすんなよー」

「するかバーカ」

金子先生は人気だ。

ノリもよく、体育教師らしい厳しさもあり、生徒との距離は近い。

だから俺も気が付けなかったんだが……。

「おう北野《きたの》、お前も前見て歩けよ、スマホばっか見てねーでよ！」

「……あっす」

「声が小せえなあ！」

バカにしたように金子先生が笑えば、周りの生徒たちも笑う。

北野というクラスメイトは、背中を丸くして教室から出て行った。

金子先生の人気があるように見えたのは、彼の周りにいつも、彼を慕う陽気な生徒たちのグループがあるからだ。

その陰に隠れて、彼と合わない生徒はかなり逆風に当てられているようだった。

イジリというと聞こえは良いし、金子先生も悪意を持ってやっているわけではなかろうが……嫌がる者を舞台に立たせて道化にするのは、果たしてその者の為《ため》になるだろうか。

見えていなかった世界がある……いや、見ていなかった世界がある。

「……あ、三浦はもう帰ったのか？」

と、そこで教卓周りに集まっていたメンバーに、金子先生が話を振った。

「三浦さ～ん？　さあ？　あれじゃね、パパと会うのに忙しーんじゃない？」

「ホスト説」

「うわホス狂かよ、あるわ」

……半分以上何を言っているのか分からないが、少なくとも三浦さんを笑っていることだけは俺にも分かった。

「おいおい勘弁してくれよ。うちのクラスから問題起こされたら俺も困るんだって」

「あはは、せんせーピーンチ」

困ると言いつつ、頭を抱えた金子先生も、冗談めかして笑っている。

なんだか少し、薄ら寒い感覚になった。

あの周りのクラスメイトたちも、俺にとっては別になんのかかわりもないただのクラスメイトでしかない。昨日までは、「普通のクラスメイト」と認識していただろう。

でも俺が普通だと思っていた人間が、三浦さんにああも当たるのだとしたら。

普段から三浦さんが生きている世界は、どんな世界なんだろう。

「あ、舞園！　お前なら三浦がどこ行ったか知ってるだろ！」

立ち上がった俺に気付いて、金子先生が目を向けた。

周囲の視線も俺に集まる。今日の三浦さんは、サンドラのシフトには入っていない。

今日どこに行くのかは知らない。ただ、素直に言うのも癪《しゃく》だった。

「俺の家かもしれませんね」

そう言うと、一瞬きょとんとした金子先生が、吹き出した。

「くっそ、面白《おもしれ》ぇこと言うなお前、そんなキャラだったのかよ」

金子先生につられるように、周りの連中も笑いだした。

「えー、ホスト舞園～？　んー、ナシ寄りのアリ？」

「真面目に見えてホストで連れ込み？　やば、やるじゃん」

相変わらず何言ってるのか分からんが。

やられっぱなしでいるのは癪だというだけだ。

舐《な》められたら一発入れろという里中さんの教えは、どうかと思うこともあるが……こういう時は諸手《もろて》を上げて賛成すべきだな。

ひとしきり笑った金子先生は随分ご機嫌に俺を見ると、さっさと行けとばかりに手を払う。

「おっけおっけ、分かった俺が悪かった」

何が悪かったと思ってるんだろう。

「ただ、マジであいうのに入れ込んだりするなよ。それだけはマジだからな」

「地雷系、でしたっけ?」

「そうそう」

「そうですね、気を付けます」

地雷系というのがヤバイことは分かってる。

それが三浦さんだとは思っていないだけで。

一礼して俺が教室を出て行くと、教室の方で最後に声が聞こえた。

「舞園がホストかー、人は見かけによらないねー」

……人は見かけによらない。か。

三浦さんのことは随分好き勝手に言っておいて、ダブルスタンダードに気づかないとは。

あいつら軽く全員、死なない程度に事故にでも遭わないかなと思いつつ。

俺はバイトに向けて、一度家に帰ることにした。

06：三浦さん

家の扉に鍵を差し込むと、古い建物なのでガチャガチャ鳴る。

そのガチャガチャで俺が帰ってきたことに気付いて、ありさがとてとて玄関口までやってきてくれることもあるくらいに。

だからありさが寝ている時間に帰ってくるときは細心の注意を払って扉を開けたりするんだが、今はふつうに夕方なので気にしなかった。

と、家の中から「え⁉」と何やら潰れた声が響く。

なんだ、と思ったまま開けると、そこには慌てた様子の三浦さんが居た。手に毛布を持っていた。

……まさか本当に俺の家に居たとは。という気持ちを抱く間もなく。

ふぁさ、と三浦さんは毛布を被《かぶ》った。

「誰も居ません」

「流石に無理だな……」

「そう……」

俺から隠れるために毛布だったのか……焦《あせ》りすぎだろう……。

「なんで隠れるんだ」

「……顔合わせづらいなって」

「じゃあどうして――」

来てくれたんだ、と言いかけて、キッチンに目をやって気づいた。

シンクに洗いかけのフライパンとまな板。テーブルに包んだお弁当が置いてある。

「……」

うーん。俺が何も言わなきゃ、毛布にくるまった三浦さんは身動きしてくれないようだ。

「……あのさ、三浦さん。学校で俺と話さないっていうのは、もしかして今日みたいなことがあるからか？」

「……」

答えは沈黙だった。でももうこれは肯定で良いんじゃないか。

「べつに、どうしてこんなことになってるとかは聞かない。ただ、俺は気にならない」

「……気になるならないじゃない」

ぽつりと、泣き言のように三浦さんは呟《つぶや》いた。

「あなたが、一緒にされたら嫌……」

「三浦さん……」

俺は一緒にされても構わない、という答えで良いのだろうか。

だって俺はひとつ思い違いをしていた。

三浦さんが学校で俺と話をしたくないと言っていた理由。

俺と関わりたくないからでもない。三浦さん自身が独りでいたいからでもない。

三浦さんの周りを取り巻くイメージに、俺を巻き込みたくなかったからだ。

「ありがとう、三浦さん」

「なにが……？」

「俺を想《おも》ってくれて」

「っ……」

だから、俺も返したい。

「あのさ、三浦さん」

毛布の先をつまんで、持ち上げた。

目が合うと、逸《そ》らされた。赤かった。

口元はへの字になってしまっていた。

「俺、三浦さんのこともっと知りたい」

「えっ……？」

「事情とか、何も聞かなかったし、踏み込まなかった。色々してくれているのに、不躾《ぶしつけ》だと思ったから」

でも、それだけが正しいとはもう思わない。

「今は誰に何を言われても、三浦さんはそんな人じゃないんだって言いたい。そのために、三浦さんを知りたい。どうだろうか」

拒絶されたら、この関係ごと終わるだろう。

だからあまり聞けなかった。でももう踏み込むべきだと思った。

「……舞園、あたしは」

目を逸らしたままの三浦さんに、続けた。

「三浦さんがさっさと帰った理由を、クラスメイトたちがあれこれ予想してた」

「ん……どうせ、パパ活だのホスト通いだの言われてる」

「ああ、だから俺んちに居るって言っておいた」

「はあ⁉」

ようやくこっちを見てくれた。

びっくりしてるけど。

「まさかほんとに居るとは思わなかったが……」

「いや、え⁉　連中に、え⁉」

「三浦さんを悪く言われていることだけは分かったからな。少し腹が立った」

「あなたって……！」

「だからもう、巻き込む巻き込まないは今更なんだ」

そう言うと、三浦さんは押し黙った。

ただ、驚いた時からずっとまっすぐ俺のことは見てくれていて、その瞳が潤んでいることにも気が付いた。

「俺に教えてくれ、三浦さんのこと」

「……ずっと、我慢してたのに」

「え？」

「これ以上好きにさせないでよ……」

潤んだ瞳と、上気した頬。まっすぐ見つめられて、ぽつりと零《こぼ》した言葉。

……えっ？

「分かった。教えるね」

すっと三浦さんは立ち上がる。いつも通り、とまではいかないけど、努めていつも通りみたいに振る舞って、俺の好きな三浦さんの強気な笑顔に戻った。

いやそれは良いんだけど。

「今、三浦さん」

好きとか。

「ふふっ、まあそれはまた今度ね。うっかり零れただけだし」

「今度」

「よっし。今日はバイトでしょ。がんばれお兄ちゃん」

そう言って三浦さんは、出来たばかりのお弁当を俺の胸に押し付けた。

「……ああ、行ってくる」

「ん、行ってらっしゃい」

見送りの時はもう、三浦さんはいつも通りだった。

†　†　†

バイト先で軽く話をした里中さんは、納得とばかりに頷《うなず》いた。

「なるほど、つまりそのクラスメイトたちを泡に沈めてほしい」

絶対違うなあ……。どういう意味か分からないけど、違うことだけは分かるなあ……。

「じゃあ担任が生徒とホテルでご休憩するところを激写すればいいのかな？」

「ホテルでご休憩……？」

休憩くらい当人たちの自由では？

「そんな話ではなくてですね、三浦さんの置かれている状況をどうしようかと」

「転校でもすればいいんじゃないの？」

「そう易々《やすやす》と」

眉根を寄せてそう言うと、里中さんはドリップコーヒーを作る手元から目を離さず、何の気なしとばかりに言った。

「易《やす》いもんだよべつに。学校が人生だとでも思っているのかい？　オレなんて高校の時の友達もういないよ？　あ、死んだって意味じゃなくてね？　いやまあ、指の一本や二本無くなってるかもだけど。今頃カニだし」

「里中さんと一緒にするべきではないですね……」

カニってなんだろう……。

「なんにせよ、当人の自由じゃないかな。学校に居続けたいなら居続ければいいし、嫌ならやめればいい。今時、学校行く行かないで人生の幸福度変わんないしね」

「じゃあなんで俺は学校に……？」

「向いてるからー」

それもまたあっけらかんと里中さんはそう言った。

学校行くことが向いているとは。

「賢誠みたいなマジメなヤツは、変に冒険するより堅実な方向に行くのが良いってだけ」

「俺が里中さんとタイプが違うことは分かりますが……」

「それだけ分かってりゃいいよ」

けらけらと笑いながら、珈琲《コーヒー》を完成させてサーブへ向かう里中さん。

お客様に対して「今日の豆はアタリだね」などと雑談を交えながら慣れた手つきでソーサーを置いていた。

もうあの時点で俺には真似《まね》が出来ない。

それにしても、転校か。

その方が三浦さんのためになるというのなら、それもまた良しなのだろうか。

「そこな若造。何を悩んでいる」

「どんな呼び方ですか」

振り返ると、切れ長の青い瞳。美しいナチュラルブロンドを後ろで纏《まと》めた美人がケーキ食いながら立っていた。手づかみで。

「そう。あまり美味《おい》しくない。人をバカにしている」

「自分で作ったんですよね⁇⁇」

彼女はサンドラのパティシエ、レイチェルさん。

たまに日本語の使い方が怪しいというか、むしろネイティブでもそうそう使わない言葉を適当に使うため、大変適当な女性である。里中さんも別ベクトルに適当だから、適当な人しかいないなこの店……。

ケーキ作りだけはちゃんとしているのが救いか。

「で、若造」

「あの、若者の方が通りがいいです」

「は〜……日本語、まじめんどい」

「そっすね」

はっとするような金髪碧眼《へきがん》の女性が流暢《りゅうちょう》に日本語ディスってる光景なんなんだ。

「ワタシのことは良い。問題は貴様」

「あ、はい。もういいです貴様で」

「今日はなんだかボケているな。集中力が足りない」

「……試作品ですか？」

ボケ……上の空は否定ができないかもしれない。

「すみません、業務に支障が出ないようにします」

そう頭を下げると、レイチェルさんはケーキを手づかみで食べながら首を傾《かし》げた。

「拷問をしているつもりはないぞ？」

「されているつもりもないですが……」

なんだろう、咎《とが》めてはいない、ということだろうか。

「もしも気になることがあれば言えばいい。トールに言えないこともあるだろう」

里中さんに言えないこと。あんまり思い当たる節もないが。

「すみません、一応もう里中さんには相談したんですが」

「んー、おそらくそれではないな」

それではない。

三浦さんの抱えていた問題の話ではないとすると……なんだろう。

「ちょっと心当たりがないですね」

「では貴様、なぜそんなにぽわぽわしている」

「ぽわぽわ」

……ぽわぽわ？

そんな可愛《かわい》らしい雰囲気が俺のようなむくつけき漢《おとこ》から出るだろうか。

「ミライと何かあった？」

「何か……ぁ」

ぽわぽわするようなことと結びつけるなら……あれしかない。

『これ以上好きにさせないでよ……』

あの言葉の意味を、果たしてどう受け止めるのが正しいのか。

三浦さんが、また今度と言っていたことも含めて、確かに悶々《もんもん》としているのは事実だ。

「あったな、これは」

頷くレイチェルさん。と。

「お、なに、三浦となんかあったの？」

やばい、面倒な人が戻ってきた。

「あれ、かつてなく賢誠に歓迎されていない気がするな。オレが何しようと賢誠は全肯定のはずなんだけど」

「その認識も調子乗りすぎですよ！」

あんたやることなすこと肯定しにくいじゃないですか。法すれすれの綱渡りがかっこいいと思ってるタイプでしょうが。

「大恩人なのと人間性が終わり申し上げているのは別ですよ」

「おっと思ったより辛辣だった」

「そのくらいでないとトールとつるんでいることを認められんしな……」

呆《あき》れたようにレイチェルさんが首を振った。

言われてみれば、レイチェルさんも里中さんとは長い付き合いらしい。

なんだか、苦労していそうだ。

「まあトールは良い。問題は貴様だケンセー」

「いや、問題の前で問題提起をしないでいただけると」

「あれ、オレ問題扱いされた？　なんで？」

「それはだって」

三浦さんとの関係の話だし……いや、べつにそれなら隠す理由もないか？

三浦さんを雇ってくれたのも里中さんだし、でもじゃあなんで。

「だってぇ？」

なんか里中さんがニヤニヤしだした。

「やはり男女のまぐわいだからだろう」

まぐわいという言い方は知らないが……。

でも、男女。

原因はやっぱり男女ってことなんでしょうか！

「ほー、ヤることヤったんだ、おめっと」

「祝福されるようなことは何もありませんのでそれもたぶん違いますね！」

「ああ、そうなったらもっとケンセーはアホになっているはずだ」

「言葉を選べあんたも‼」

大人としてどうなんだ二人とも……。

なんか里中さんが露骨に溜め息吐《つ》いた。

「じゃあ何？　そこまで行ってないのに浮かれポンチってこと？　恋愛ごっこ？」

「言葉を選べってんでしょうが！」

ってか。

「……恋愛、なんですかね、やっぱり」

そう問うと、里中さんとレイチェルさんは顔を見合わせた。

「レイチェルー」

「なんだ？」

「賢誠も成長したと思わないかい？」

「少し、寂しくもあるな。こーんな子どもだったのに」

人差し指と親指でCを作るレイチェルさん。俺は一寸法師か何かか。

「賢誠の疑問に答えるなら、男と女が居りゃ絶対絡《から》むもんだとしか」

「……そう、ですか」

男女関係。つまりは恋愛関係。俺はそれで悩んでいる。

十六年生きてきて、全く縁のなかったことに……。

「話す相手がおふたりで良いのか、非常に悩むところではあるんですが」

「そう遠慮するなケンセー」

「遠慮じゃないんですが」

心配なんですが。

「その、実は……三浦さんから言われた〝好き〟が、恋愛の意味なのかどうか測りかねていて……」

「恋愛の意味だよ」

「適当に答えないでくださいよ！」

こっちは真面目に聞いてるのに！

「落ち着けケンセー。それはだな。じれったいからヤラシイ雰囲気にしてやると言われるやつだ」

「それでどう落ち着けっていうんだ！　どうせ間違ってんだろうけど！」

何がヤラシイ雰囲気だ。

「ヤラシイ雰囲気ってどんなん？」

「聞くな！」

「アリサが寝静まったあと、お互いすることもなく手持ち無沙汰。日頃の疲れでうつらうつらしだしたケンセーを放っておけずミライがベッドに連れていくが、足が絡まってふたりでベッドにインするんだ」

……。

「賢誠めちゃめちゃ聞きたそうだし続けて」

「ちょっと面白いハプニングだな、なんて思ってしまったのも束《つか》の間、目の前には想《おも》い人の顔。目を逸《そ》らしてしまうその仕草がケンセーの情欲を掻《か》き立てる。我慢できなくなったケンセーに、ミライはケンセーを見ないまま一言だけ『いいよ』と言うんだ。それが何の許可なのか分からずとも、お前の本能は――」

「やめろォ‼」

これ以上聞いてはいけない気がした！！！！

「なんだこれからまぐわうというのに」

「なるほどまぐわうってそういう意味かじゃあやっぱ間違ってたよさっき！！」

まずい、なんだかドキドキしてきた。この人たちに聞くんじゃなかった。

「ちなみにミライはシャワーを借りたあと、お前のワイシャツ一枚だけを身に着けていたりするのか？」

「しませんが⁉」

「そうか。じゃあ恋心じゃないかもしれんな」

「なんなんだよ‼」

え、恋心あるとそんな、そんなことになるのか⁉

いや、レイチェルさんが適当ぶっこいてるだけの説も……。

「レイチェルがちょっと性欲に素直すぎるのは置いといて、だ。賢誠」

「……なんですか」

「実際問題、お前自身はどっちが良いの？」

「……どっちが、いい」

「ふつうに友達としての好きと、恋愛の好き。お前はどっちが嬉《うれ》しいの？」

「それは……」

考えたこともなかった。

どっちが俺にとって嬉しいか……嬉しい、か。

「トール、どういうつもりだ？　それを決めるのはミライじゃないのか？」

「どっちが良いかで、賢誠に身の振り方をアドバイスするだけさ。相手を上手に失恋させて、都合よく友達のままでいるやり方なんて、そう難しくはないしね」

「トールは本当にクズだな」

「まあねえ」

からからと里中さんの笑い声が聞こえて、我に返った。こういう時の里中さんはろくなことを考えていない。

「えっと、俺は」

「ああ、貴様はトールのことは気にしなくていい。ケンセー贔屓《びいき》が過ぎるからな、ワタシがミライ寄りの立場でものを言ってやろう」

「はあ……」

よく分からないが、三浦さんとレイチェルさんは結構仲良しなのは知っている。

「だから賢誠の素直な気持ちを教えてくれればいいよ」

「俺は」

どちらが嬉しいか、その答えは。

「……三浦さんが喜ぶ方が良いですね」

「……」

なんか黙られたんだが。

「なんとか言ってくださいよ」

「ガチかよ」

「ガチかよ⁉」

どういう意味だ。

「友人として好いてくれているなら、そう在りたい。恋愛の意味なら……それは、それもそう在りたい……というか。彼女が望む俺で在りたいというだけで」

「分かってるって。めんどくさいなあ」

「里中さん⁉」

なんでそんな急にめんどくさそうになるんだ！

「はー……やだなー、賢誠が三浦に取られたわー」

「貴様は父親か」

「親父《おやじ》みたいなもんでしょほぼ」

肩を竦《すく》めて言う里中さんに、少し目を見張った。

……そうか、父親みたいなもの。あなたはそう思ってくれていたのか。

「それがあんな地雷系通い妻もどきに引っかかるかねしかし」

「だから言葉を選べってんだよ‼」

尊敬は一瞬で吹き飛んだ。

「トール、ミライは良い女だぞ」

「見た目でマイナス五十点」

里中さんめ、親指下に向けやがった。

「なんてこと言うんですか、三浦さん可愛《かわい》いでしょうが！」

「社会的にアレな扱いされること分かっててあんな恰好《かっこう》してる時点でアホでしょ」

「それは」

言葉はキツいが、確かに難しいところではあった。

「たとえば最先端の流行ってのは多かれ少なかれ逆風受けるものだし、加えてそのファッション性にある程度の記号付けがされたタイミングっていうのは、自分がその所属だと示すようなもの。もはや制服と一緒なわけ。そうだろう？」

「はい……」

「確かに三浦は頭回るし、接客で人気取れるくらい人との距離感分かってる奴《やつ》だよ。ならなんであんなわっかりやすく避けられる恰好してると思う？」

「可愛いから、とか……？」

「二点」

「二点⁉」

鼻で笑って、里中さんは続けた。

「自分にとって魅力的なのはそうだろうね。可愛いって意味で。でもそれだけで着続けるなら家で我慢してれば良いでしょ。だったら答えは簡単だよ」

……なんだか、罵倒から始まったはずなのに大事な話の気がしてきた。

「なんかの意地だよ。子どもなの。内容は知らないけど、あいつはあの恰好になんかの意味を見出《みいだ》してて、普通の恰好したら負けだと思ってる」

「……何に、負けるんでしょうか」

「さあ？」

「ええ⁉」

「オレは知らないし知ろうとも思わない。大多数の人間は個々の人間に興味なんかなくて、だから適当にレッテル貼るもんでしょ。あいつは地雷系だから、たぶんホスト狂いなんじやねーのー？　みたいな」

「！」

それはまさに今日、三浦さんが言われていたことで。

「それ分かってて、なんかに意地張ってんだからアホ。必要以上に近づいて、理解なんてしてあげるつもりはないね」

「なんでですか？」

「だってそれ全員にしてあげなきゃ不平等でしょ？」

全員それぞれ事情があるかもしれない。地雷系とかに限らず、たとえば高校とか。●●高校に通ってるから進学目指してるはず。●●っていうゲームやってるからオタク。

それをひとりひとりレッテル剝がすのが、平等だとして。

「……俺は、そうは思いません。俺にとって大事なのは三浦さんだけですし」

そういうと、里中さんはめんどくさそうに、でもいつもの笑顔で言った。

「っていうやつが頑張ればいいんじゃないの？」

「里中さん」

「オレはやらないけど、やりたいやつがやればいいんじゃない」

えっと……里中さんはつまり、この一連の話で何を……と疑問に思ったところで、ずっと黙っていたレイチェルさんが言った。

「トールはまどろっこしいが、ケンセーがミライを本気で思っているから、アドバイスを寄越している」

「おいおい、アドバイスだなんてそんな高尚なまねが、こんな人間のクズにできるわけないでしょ」

なるほど。

「いえ……まあ、一応お礼を言っておきます。おふたりに話して良かったと」

結局のところ、俺は恩がある相手には幸せになってほしい。

それだけなのだ。たぶん。

里中さんの言っていた、三浦さんの〝意地〟というのも気になるし、それは心に留《とど》めておこうとも思った。

「しかし、ケンセー貴様。大事なのは三浦さんだけ、と来たか」

と、急に水を向けられてびっくり。

なんでそれを蒸し返すんだ、と思いつつも、頷《うなず》く。

「まあ、はい。え、だからなんですか？」

「だからも何も、それは嬉しいだろうと思ってな」

嬉しい？

それはどういう、と思った矢先。背後から、蚊の鳴くような声がした。

「あの……舞園…………」

「⁉⁉⁉⁇⁉！」

⁉⁉⁉⁇⁉！

「いつからそこに⁉」

「いや、今だけど……ありさが」

背後に立っていた三浦さんの手は、うちの妹と繋《つな》がれていた。

「しゅっきんしてきた」

きらきらした表情でサンドラの店内を見渡すありさ。

夕食前にシフトが終わる時は、たまにありさもサンドラにやってきてバックヤードで俺を待ってくれていることもある。

こうして三浦さんが面倒を見てくれていることも、あるとはいえ。

なんというタイミングの悪い……。

ただ、今ここで先ほどの話をありのまま三浦さんに伝えるのは良くない。

だから腹をくくることにした。

「ふー……」

「ま、舞園？」

「俺が大事なのは三浦さんだから」

「改めて言うなぁ‼」

両手で顔を押さえてしゃがみこんでしまった。

手を離されてしまったありさが、自分の小さな手を見つめてから、俺の服を引いた。

「ありさは？」

「もちろんありさも――」

大事だと言うよりも先に、割って入る影。

「ありさは世界一大事だよ、心配するな。ありさが世界で一番お姫様だ」

「……里中さんさあ」

ありさの両脇を持ち上げて抱きしめていた。

「さとなかだー」

「ああ、里中だ。マイプリンセス」

何してんだほんとに。

「えっと……里中さんって、ありさのこと」

「ああ……溺愛と言って差し支えない。俺のこともよくしてはくれるが」

しゃがんでいた三浦さんは立ち上がり、俺の横でそっと耳打ちする。

「授業参観、里中さんに行ってもらったら？」

「あー……時間があれば」

里中さん、忙しいわけではないけど、不定期に予定が入る人だからな。

その予定がひとつひとつ、学生の手に負えない重さの案件だからなんとも。

と、三浦さんに目をやれば、三浦さんはさっと目を逸《そ》らしてしまった。

耳打ちしてきただけあって距離が近い。三浦さんの首元から香る香水が、優しく俺の鼻《び》腔《こう》をくすぐった。綺麗《きれい》な首筋を彩《いろど》るように、可愛らしいピンクのイヤリングが光っている。

……こんな近いと俺も意識してしまって目を逸らした。さっきのレイチェルさんの余計な漫談もあって。

「授業参観？」

と里中さんが反応する。するとありさが頷いた。

「そう。にいさんとねえさんがくる」

「ねえさん⁉⁉⁉⁉」

あ、やばい。里中さんが目ん玉ひん剝《む》いて三浦さんを見た。

これはまずいと三浦さんも思ったのだろう。ばつが悪そうに言う。

「あー……ども、ねえさん、です」

「くっ……三浦お前……賢誠だけに飽き足らず、ありさまで籠絡《ろうらく》しきっていたとは」

「籠絡って言わないでくれません⁉　あと舞園もまだですが⁉」

「まだ？」

「ぁ、いや、その……ちがうんです……」

三浦さんは、なんか縮こまってしまった。

里中さんは一度目を閉じて、大きく息を吐く。ありさが三浦さんに懐《なつ》いてるの、そんなにショックだったんだろうか。

「さとなか、かなしいの？」

「ああ悲しい。とてもつらい。慰めてくれるかい、ありさ」

「うん。やりかたわかるよ。ありさはさびしいとき、ねえさんがなぐさめてくれるから」

ありさ、それは追い打ちだ。

あ、里中さんの口から血が。三浦さんは天井仰いでるし。

「よしよし、さとなかえらい」

「あ」

「ありがとう、ありさ……」

里中さんはありさにされるがまま撫《な》でられていた。

なんだこの光景。まだ営業時間中だよな。

お客さんは歓談中の常連しかいないからいいが。

「ミライ」

「あ、はい、なんでしょうか」

と、いつの間にか戻ってきていたレイチェルさんが、三浦さんに声をかけた。

「ワタシはミライの味方だ。安心して眠れ」

「死ぬんですかねあたし」

たぶん眠れが余計だっただけだと思うな……。

「レイチェルさん、三浦さんのことを凄《すご》く買ってたんだ」

「え、あ、そうなんですか。それはどうも」

「ミライを大事にしているのはケンセーだがな」

「なんでさっきのこと蒸し返すんですか‼」

ツッコミを入れると、レイチェルさんは愉快そうに笑った。

「若いふたりだけでは大変だろう。何かあれば大人が相談に乗る」

突然のことに俺と三浦さんは顔を見合わせた。

ありがたいことではあるが——と思ったら次の言葉がマジ余計だった。

「子どもの名前とかな」

「ちょっ——」

「レイチェルさん‼」

俺が何か言う前に三浦さんの方がキレていた。

「おや、あまり否定すると嫌がっているように見えるぞ」

「嫌がってるとかじゃないですけどっ……ってこれ否定しないのもそれはそれでまずいでしょ、ねえ！」

はあ。

「舞園！　なんとか言ってよ！」

「そうだな……大人はゴミだな」

「もう舞園が全てを諦めちゃってるじゃないですか！」

レイチェルさんはあっはっは、と楽しそうに笑った。何が面白い。

「自分の手でどうにかすることだけが正しいことじゃない。ケンセーも、ミライもな」

そんな風にレイチェルさんは締めくくった。

なんかいい話をした風な空気になってるが、べつに過度な献身で身を滅ぼす予定はないし、そう思われていたなら心外だが。

ただ、なんか。少し三浦さんの瞳が揺らいだような気がした。

「三浦さん?」

「……なんでもない。そうね、レイチェルさんの言う通りよ」

そう言って柔らかく腕を組んだ。

07：お弁当

俺の日常はそれなりに忙しい。

朝は新聞配達のバイトがあり、学校を終えるとサンドラのバイトが控えている。

高校の課題をやる時間も考えると、可処分時間はあまりない。

言ってしまえばバイト漬けの日々は俺の自己満足で、家賃や学費に関しては里中さんが出世払いで構わないと言ってくれてはいるものの……それに甘えるのは違う。

恩は早く返すに限る。胸を張って、あなたのおかげで一人前になれたと伝えたい。

あとこれは一割にも満たない理由だが、里中さんは怖い。

大恩人であることは間違いないが、あの人に一生返せない借りを作るのは、あとあとの俺のメンタル的にも良くない。

高校を出たら大学に、と里中さんは勧めてくれているが、こちらも考え中だ。

そんなわけで、今日も今日とて慌ただしくぎりぎりの時間に登校。

クラスメイトたちは良い意味でも悪い意味でも他人に興味がなく、言葉少なに挨拶だけをする仲だ。いじめのようなものも、また存在しないように感じる。

ただ、もしもあるとすれば……。

窓際《まどぎわ》の三浦さんと、一瞬目が合った。

彼女とは、ひとつだけ約束していることがある。それは、学校で話しかけないこと。

理由は詳しく聞かせてくれなかった。ただ、約束した。

「おはよーオハヨーおはおはよー」

にょきっと視界の端からなんかゆるキャラが生えてきた。

「壊れかけのインコみたいなのが出てきたな……」

「なんそれー、インコって壊れるんー？」

「さあな」

ゆるキャラ安慶名《あげな》の相手をしていたら、三浦さんは自然に俺から視線を外して、また窓の外へと目を向けていた。

「きょうもきょうとて、ぎりぎりだねえ」

ゆるキャラ安慶名は、袖を口元に当てて感嘆している。袖というか、手が袖から出ていないだけだが。あと口小さいなお前。

「限界まで寝ていたいからな」

「あは〜。でもそれ学校じゃなくてバイトのためにっしょ？　何時起き？」

「四時半」

「まだ夜じゃんうける」

漁師に比べたらまだマシだと里中さんが言っていた。

あの人、大学生の時にマグロ漁船に乗ったことがあるらしい。借金がどうとか言っていたので、聞かなかったことにした。

「今まで聞かんかったケド……ごはんとかどうしてるん？」

「それなりにしっかり食べている。妹のこともあるしな」

「おー、うわさのいもーとさん。かぁいい？」

「俺にとっては」

「へー、ふーん、そかー」

「安慶名？」

ゆらゆらと振り子のように揺れる安慶名は、斜め上に視線をやったままぽやぽや考え事をしている様子。だらしなく開いている口を閉じろ。

「あの、良かったら、なんだけどさぁ？」

珍しく目を合わせず、安慶名は自身の袖をもじもじとすり合わせる。

ありさがおもらしを自白する時みたいだな……。などと失礼なことを考えていると。

「おべんとーとか、作ったげよか？」

「や、ほら、ひつよーかなーって。だっていもーとさんも大変だろーし？　バイト中とか、おなかすくのかなーって。だったら、ちょっと、かるいものくらい？」

「……そうか」

「どー……かな？」

こてん、と。首を傾《かし》いで。俺の答えを待ってくれている安慶名のことを、正直見直した。

いや、見直したというのも上から目線で失礼な気がする。

なんというべきか、今までそんなキャラだと思っていなかったというか。

俺のことを慮《おもんぱか》って、気遣ってくれるひとだとまで思っていなかった。

「ありがとう、安慶名。気持ちは受け取っておく」

「やったーっ……あり、気持ち？」

「ああ、そういうことはもう、ちゃんと間に合っている」

三浦さんは、やはり気遣いの塊というか。俺の状況を知るや否《いな》や、真っ先に生活の穴を埋めてくれた。食事のため、その準備のためにとられる時間を、代替してくれて。

そういう意味でも、三浦さんには感謝しかない。

「あ、あー、そっか！　そっかそっか！　ん、ごめんねー変なこと聞いてさー」

「いや、安慶名がそんなことまで考えてくれるひとだと思っていなかった。ありがとう」

「ほめてないだろおまえー」

あはは、と笑って、俺を軽く小突くと、そのままいつものようによたよたと自分の席へ戻っていく。

少し申し訳なくもあるが、気持ちは本当にありがとう、安慶名。

そんな風に、ひとり温かい気持ちに浸っていたからだろうか。

「…………まにあってる、か」

安慶名の呟《つぶや》きは聞こえなかったし。

「……あいつか」

三浦さんの視線の先に安慶名が居たことにもその時は気づかなかった。

† † †

「はい、お弁当♡」

「お、おお」

その日、俺にお弁当を手渡してくれた三浦さんは、妙にご機嫌だった。

「べつに、好きでやっていることだから」

そう微笑《ほほえ》んでから、何やら思い出したように付け足した。

「好きでないと続かないし、負担になるものよ」

「え、あ、うん」

三浦さんの負担にはなっていない、らしい。あまりにも俺に都合が良すぎて不安になるが、かなしいかな俺には選択肢がない。

三浦さんに甘える以外のどの選択も、ありさに負担をかけることになる。

「♪」

鼻歌交じりに、使ったフライパンを洗っていく三浦さん。

「三浦さんの負担になっていないという言葉が一番、救われる」

「その、『でもちょっと負担になってるよね』みたいな言い方やめなさいよ。実際べつに負担でもなんでもないんだから」

「そうは言ってもだな」

諸々《もろもろ》の食費については、俺のバイト代から出ているとはいえ。

三浦さん自身も食事を口にする時は、多すぎるくらい出してくれるし。

ファンタジア文庫の最新情報が満載
ファンタジア FANTASIA チャンネル CHANNEL
202
6
双子たちと訪れる、
海と水着の夏休み！
重版続々！
双子まとめて『カノジョ』にしない？ 3
著：白井ムク イラスト：千種みのり
英国での因縁が彼らを結ぶ。
夏目漱石ファンタジア
著：零余子 イラスト：森
ファンタジア文庫
毎月20日発売！
公式HP https://fantasiabunko.jp/
〒102-8177 東京都千代田区富士見2-13-3

ファンタ
美少女×3に
誘惑されて——
いちゃらぶするのも、
ヒモのおしごと。
校内三大美女のヒモしてます
著:暁貴々　イラスト:おりょう
新作!
「校内三大美女」——烏丸千景、小野司、醍醐桜子。貧乏でぼっちな僕が、なぜか三人に気に入られ!? 頼まれたのは、彼女たちの欲求を叶えるバイト。時給５０００円でいちゃらぶする、夢のハーレムヒモ生活開幕!

u-ray&DVD BOX上巻
7月24日(水)発売!
完全数量限定版には
宮澪 サマーワンピースver.
/7スケールフィギュア付き

TVアニメSeasonII
2024年7月放送開始
キミと僕の最後の戦場、あるいは世界が始まる聖戦
the War ends the world / raises the world
著：細音啓 イラスト：猫鍋蒼
CAST
カ：小林裕介 アリスリーゼ・ルゥ・ネビュリス9世：雨宮 天
・アルカストーネ：石原夏織 ミスミス・クラス：白城なお
・シュラルガン：土岐隼一 燐・ヴィスポーズ：花守ゆみり

ファンタジア文庫7月の新刊
大人気Vtuber
2024年7月TVアニメ放送開始!
berなんだが
切り忘れたら伝説になってた 9
イラスト:塩かずのこ
とは異なります。
するのは解釈違い
女たちに挟まれました～ 新作
イラスト:Bcoca
ッチ 新作
イラスト:緋月ひぐれ
んチ
画投稿者はヴァンパイア!? 新作
原作:動画投稿少女
んチ」製作委員会　イラスト:ことぶきつかさ
法使いの切り札
女
ラスト:三嶋くろね
オーク英雄物語 6
忖度列伝
著:理不尽な孫の手　イラスト:朝凪
異世界でチート能力《スキル》を手にした俺は、
現実世界をも無双する 16
～レベルアップは人生を変えた～
著:美紅　イラスト:桑島黎音
公女殿下の家庭教師 17
星継ぎし天槍
著:七野りく　イラスト:cura
※ラインナップは
予告なく変更になる場合がございます。
7/19発売!!
KAWA
ファンタジア文庫公式X(Twitter) @fantasia_bunko
メディアミ
衝撃のVTuberコメディ、TVアニメ2024年7月放送開始!!
VTuber nandaga haishin kiriwasuretara densetsu ni natteta
VTuberなんだが配信切り忘れたら伝説になってた
著:七斗七　イラスト:塩かずのこ
CAST
心音淡雪:佐倉綾音　宇月聖:小林ゆう
彩ましろ:水野朔　祭屋光:Machico
柳瀬ちゃみ:菊池紗矢香
©七斗七・塩かずのこ／KADOKAWA／「ぶいでん」製作委
最新3巻好評発売中!
魔王2099
THE LORD OF IMMORTALS BLOOMING IN THE ABYSS F.E.2099
著:紫大悟　イラスト:クレタ
TVアニメ2024年秋放送決
▸CAST◂
ベルトール:日野聡　マキナ:伊藤美来　高橋:菱川花
©2024 紫大悟・クレタ／KADOKAWA／魔王2099製作委
公女殿下の家庭教師
七野りく
ILLUSTRATION cura
Tutor of the His Imperial Highness princess
アニメ化決定!!
異世界でチート能力《スキル》を手にした俺
現実世界をも無双する
I got a cheat ability in a different world, and became extraordinary even in the real world.
イラスト:桑
新アニメ企画進行中!!
シリーズ累計330万部突破!
※文庫+コミックス(ともに電子版を含む)
©美紅・桑島黎音／KADOKAWA／いせれべ製

ジア文庫 6月の新刊
——これは魔王を討つべく殺し合った勇者たちの物語だ。
正しい勇者の作り方
著:進九郎　イラスト:AIKO
新作!
魔王を斃す新たな勇者を決めるべく集まった勇者候補生と呼ばれる九十九人の少女と一人の少年。真なる勇者に選ばれるのはただ一人。それを決める方法は——最後の一人になるまで殺し合い、生き残るというもので……。
甘々なラブコメを。
美来さんは見た目だけ地雷系
著:高科恭介　イラスト:ハム
俺のクラスには、強く目を惹く容姿のひとが居る。『いわゆる地雷系、メンヘラってやつだよ、やめときな』そうに称される彼女には、俺しか知らない秘密があって——見た目だけ地雷系な女の子との甘々ラブコメ。
学校一の美人から身に覚えのない理由で迫られてます。どうしよう。
隣の席の高嶺の花は、僕の前世の妻らしい。今世でも僕のことが大好きだそうです。
著:渡路　イラスト:雨傘ゆん
新作!
隣の席になった神騙かがりは、僕の前世の妻だという。こちらには前世の記憶がないので全く信じていないけど、彼女は僕の行動パターンや好みを最初から把握していて——「だってお嫁さんですから!」「いや怖いよ!」
その他今月の新刊ラインナップ
・聖女先生の魔法は進んでる! 2 竜姫の秘めしもの
著:鴉ぴえろ　イラスト:きさらぎゆり
・夏目漱石ファンタジア 2
著:零余子　イラスト:森倉円
・やり直し悪徳領主は反省しない! 2
著:桜生懐　イラスト:へりがる
・双子まとめて『カノジョ』にし
著:白井ムク　イラスト
・経験済みなキミ経験ゼロなオレお付き合いする
著:長岡マキ子　イラス
※ラインナップは予告なく変更になる場合がご

それでなくとも、時間を使ってうちで料理を作ってくれている。

なんだったらキッチンには俺より詳しいし、気づいたら知らん調理器具があったりする。

と、変わらず上機嫌な三浦さんは笑って言った。

「誰かのために無理してても何かをしてあげたい、なんて思っていたら、確かに負担になるかもしれない。たとえば、料理のひとつもしたこと無さそうな人が、突然あなたに尽くそうとしてきたりね」

ん？　なんか直近でそんなことがあったような。

「あたしのこれは、趣味の一環よ。ありさが喜んでくれるだけで嬉《うれ》しいし、料理ってそういうものよ」

淡々と、洗い物をしながら彼女は持論を展開する。

「好きな人と一緒に過ごす時間、自分の作ったものを喜んでもらえる楽しみ、それが単に実益を兼ねているだけだから」

「なる、ほど」

……今すごくさらっと、好きな人って言った？

「どうしたの、舞園」

「いや、なんでもない」

また今度……というのは、今なのか？　今のことなのか？

「ふふっ」

なんだか楽しそうに笑った三浦さんの頬も、少し赤くなっている気がして……こう、どうコメントしていいのか分からなくなってしまった。

楽しそうにしながらも、俺から顔を背けて洗い物に目線を戻す三浦さん。

漢《おとこ》賢誠はこういう時、どうすればいいのか分からない。

「～♪」

ただ、なんだか今日の三浦さんはやたら機嫌が良さそうだった。

「良いことだとは思うんだが」

「んー？」

背中で結ばれたエプロンのデカいリボンがふりふり揺れている。

「なにか良いことあったのか？」

「ん～？」

こてんと、後ろの俺に頭を預けるようにして。

三浦さんは俺を見上げた。

意外と身長無いんだよな、三浦さんって。普段は存在感からか、しゃんとした美人に見えるんだが。

俺より頭ひとつ以上は小さいから、こうして胸元に頭が……近い。

まつ毛ながが。ひっくり返ってても顔が可愛《かわい》いのが分かる。

「まーね」

その可愛い顔が、猫みたいにいたずらっぽく笑って。

それだけ言って、彼女の頭はまた戻っていった。艶のあるツーサイドアップが優しく揺れる。

「……」

いや、うん。ご機嫌なのは良いことだが、なんだか俺の心臓が持たない。

「そんなに難しいことでもないけどね」

洗い物を終えて、下がっていたタオルでささっと手を拭う。

その仕草も慣れたもので、馴染《なじ》んだものでもあった。

「………機嫌が良い理由か？」

努めて平静を装《よそお》いつつ、それに時間がかかった。

俺の心中など知りもしないのか、三浦さんは続けた。

「改めて思い知ったというか。あたしはここに居るんだなーって」

「？？？」

「こう、ちょっと巡り合わせが悪かったら安息の地が知らん女に奪われていたというか、あたしの座ってる席はやっぱり争奪戦があり得たんだなというか」

「えーっと？」

いまいちピンとこないんだが……。

「あんまり俺には話せない理由だったりするのか？」

「そーゆーわけじゃないんだけどっ。でもまあ、舞園が気付いてないなら言わないでおいてあげるくらいの分別はあたしにもある……くらいかしらね」

そうか。まあ、言えないことなら、まあ。少し寂しくはあるが。

「ああでも！」

と三浦さんは勢いよく振り返った。振り返ったと同時に目を丸くした。

「ってそんなに凹《へこ》むな！」

「凹んではいない」

「嘘《うそ》つけ！　……じゃなくて！　あなたのおかげなのは間違いないから！」

「俺の？」

「そう！」

「ただ、理由については不明と」

「そこはちょっとね。感謝だけ受け取っておいてよ」

「と言われてもな……」

三浦さんは怪訝《けげん》そうに眉を下げた。

「そんなに気になるなら言ってもいいんだけど……」

「いや、無理に言ってほしいわけじゃない。ただ」

「ただ？」

「俺が何かした結果、三浦さんの機嫌が良くなったというのなら、それは何度もやるべきなのではないかと」

再現性があった方が助かるというか。

そう言うと、その大きな瞳が二度三度瞬《またた》いた。長いまつ毛が揺れる。

「……あはは」

ふにゃっと笑って、どんと身体《からだ》をぶつけてきた。

「このやろー」

当たって戻るでもなく、ぶつけた右肩が俺の胸元に収まったまま。

彼女の柔らかい石鹸《せっけん》のような香りがする。

「あんまりあたしみたいな女にそーゆーこと言わない方が良いんだからね」

「えっ、それは、どういう」

三浦さんみたいな女。

ぱっと思いついてしまうのは地雷系というワードだが、三浦さんは地雷系ではないはず。

「どういうって、こう……」

とん、と彼女の頭が傾いて、俺の顎下につむじが見える。

どんな顔をしているのかは分からないが。

えっと、とか、こう、とか、なんか言語化しようとしているみたいなので、動くに動けない。俺はどうすればいいんだろうか。自由な両手の行き場を探して、結局宙ぶらりんになってしまっている。

「その……居場所を欲しがってて……優しくされるとコロッといっちゃうような……独占欲も強くて……あれ？」

「三浦さん？」

なんか三浦さんが固まった。

「あたし、地雷系メンヘラ女なのでは？」

「み、三浦さん？」

「ば、ばかな⁉⁉」

三浦さんは安慶名《あげな》の言うようなとんでもない呪物みたいな人間ではないはずだ！

「だってこの、ほら」

「ほら、って言われてもな……」

ぴとっとくっついたままで、俺の動悸《どうき》が大変なことになっている。

というより、その緊張した胸元に彼女の耳が当たっていることがまた恥ずかしいというか……いやなんで離れないんだそもそも……！

「……あなたのさっきの一言のせいで」

「せいで？」

「あたし、動けなくなってるし……」

「どういうことなんだ」

俺のさっきの……三浦さんの言うところの〝そーゆーこと〟とやらを言ったせいでってこと？

「動けないっていうのはどういう」

対照的に俺の心臓はバカみたいに動いてるんだが。

「動きたくないって思っちゃってるの……。分かってよ……？」

「……」

動きたくない。このままでいたい。

それが三浦さんの意志だというなら、俺に彼女を退ける理由はない。

ないというか、俺が緊張してるからって理由でどかせるほど、俺にとって三浦さんの〝お願い〟は軽くないというか。

ただ、こういうことはその……俺の知識が正しければ……恋人同士がやるものでは。

俺の知識がテレビでやってる恋愛ドラマのそれなので、実のところは分からないが。

海外じゃよくあること、という話も小耳に挟んだ気がするが、ここは日本だ。いや、俺が疎《うと》いだけでグローバル化が進んでいるのか……⁉

「ん……ごめん。…………えいっ」

長い時間の末、ふっと胸元から熱が消えた。ただ三浦さんの身体が離れただけだというのに、なんだろうこの喪失感は。

というかただ三浦さんが離れただけってなんだ。なんでくっついてたんだ。

よくよく考えると何が起きてるんだ。

俺のこと好きなのか⁉　恋愛的に！

「あー……あたしもうこんなに沼ってんだなー……」

離れた三浦さんが、柔らかそうな自分の胸を押さえてそう呟《つぶや》いた。

「俺は心臓がおかしくなるかと思った」

「え、なに、ドキドキしたっ？」

ぱっと顔をあげて、いたずらっぽく三浦さんが言った。

普段より上気した顔が、お風呂《ふろ》上がりみたいに色っぽい。

「そりゃ……いや、耳当ててたんだから気付いてたんじゃないのか」

そう言うと、三浦さんは一度二度と目を瞬かせてから、口元を隠して目を逸《そ》らした。

「……ごめ、あたしもちょっとおかしくなってたから気付かなかった」

「それは……よかった……？」

しばし、無言。

備え付けの古い換気扇が回る音だけが静かに響いていた。

「あ、あたし帰るね。ごめんね、なんか変な感じになって」

「……いや、えっと」

わたわたしながらエプロンを外そうとする三浦さんを、俺はどうしてか呼び止めた。

このあと俺もバイトがあるし、引き留めたところで何ができるわけではないのに。

「なにか、あった？」

困り笑いというか。恥ずかしそうというか。

そんな曖昧な表情をした三浦さんのことが……なんて言えば良いんだろう。

正しいのかどうか分からないが……欲しくて。

「地雷系かもしれない、って言っただろう?」

と、訳の分からないことを口走った。

「え、うん」

「それはその、結構とんでもないやつのことだと聞いている。三浦さんはそうじゃないと、
俺は思っていて、だな」

「……?」

何が言いたいんだろうという顔だ。俺だって自分が何を言いたいのか分からない。

「そうじゃないことを示してほしいというか、そういう時間があるべきというか」

漢《おとこ》賢誠、もはや自分で何を言っているのかも分からなくなってきた。

見ろ、三浦さんも凄《すご》いきょとんとした顔を――。

「ふっ……」

と、三浦さんが小さく吹き出した。

「……ん、そうよね。確かにそうね」

うんうんと頷《うなず》いて、それから微笑《ほほえ》む。頬を掻《か》いて、ちょっと照れくさそうに。

「あたしのこと教えるって、前言ったもんね。そういう時間も必要よね」

「あ、ああ。そうだな」

そう首肯してから、気が付いた。

俺はただ単に……三浦さんと一緒に居る口実を求めているんだと。

これだけ色々世話をしてもらっておいて、なおあつかましくも。

そして三浦さんはきっと、そうと分かっていて乗ってくれている。

「じゃあ、今度……夕方に時間がある日に……よければ？」

こてんと首を傾《かし》げて、いたずらっぽく口角を上げて俺を見上げる三浦さん。

断る理由はなかった。

「ああ、約束だ」

頷いてみせると、三浦さんは口元に手を当てて上品に笑った。

「あはは。そんな改まることじゃないのに」

それじゃあまた、と玄関扉に手をかける三浦さんを見送った。

08：その服は魂の武装

〝あなたが地雷系と呼ばれるとんでもない人種ではないと証明してほしい〟

……改めて考えるとめちゃくちゃ失礼なことをしてしまったのではなかろうか。

「と言いつつ、約束の場所に来てしまった……」

ＬＩＮＥに届いた連絡は簡素なものだ。「まってる」の四文字。

俺も「わかった」の四文字だけを届けて、きょろきょろと周囲を見渡した。

京王井の頭線下北沢駅。渋谷からは電車一本で行けるとはいえ、行く理由も特になく
……初めて来る場所だった。

なんというか、雑多な印象の街だ。渋谷ほどではないが、人は多い。

ビルは手狭なものが乱立している印象で、どこを見ても賑《にぎ》やかだ。

そう街の雰囲気を摑《つか》もうとしていたら、ふっと視界を塞がれた。

「……だーれだっ」

反射で閉じた瞼《まぶた》に、柔らかな感触。

ミルクティーのような優しい香りは、気づけば随分と好きにさせられた甘やかな香水のものだ。

耳元でささやくようないたずらっぽく弾んだ声色といい、今日の機嫌も良さそうで安心。

「三浦さんだ」

「正解。ちょっとつまんなかったかしらね」

ふふ、と笑って、手がするっと離れていく。

なるほど、つまらなかったか……今度はありさとか言ってみよう。

「おはよう、舞園」

「ああ」

改めてみると、今日も三浦さんの服装はばっちりキマっていた。

全体的に黒でまとまっていて、差し色とばかりに露出された太腿《ふともも》がなんだか眩《まぶ》しい。

黒地の上品なブラウスに、黒のフレアスカート、そして黒いブーツ。

「さて、来たわね今日も……！」

スカートできゅっと絞った細い腰に手を当てて、気力十分な三浦さん。

「えっと、どうしてここに？」

「下北は古着の聖地よ。最近は他でも増えてきたけど、古着と言えばやっぱりここね」

「古着」

それがどうして、彼女に貼られたレッテルの解消になるのだろうか。

「それがどうしてレッテルの解消になるの、って顔ね」

「はい、その通りです」

今日の目的はいちおうソレのはずだ。

完全に見抜かれて頷くと、彼女は両手をスカートの端に持って行って、そっと令嬢が挨拶するようにふわりと膝を曲げた。

「……あたしの服を見てどう思う？」

三浦さんがなんかきゃぴっとウィンクした。

「今日も、綺麗《きれい》だという話か？」

「ちがわい‼」

怒られてしまった……。

胸元で腕を組み、赤らんだ頬を膨らませて至極ご立腹。

押し上げられるように強調された豊満な胸から目を逸らし、俺はただ謝るしかなかった。

「すまない、なんと言えば良かったんだ。可愛《かわい》らしい、とか？」

「まず褒めろってことじゃないのよ！」

「えっ」

じゃあ何も分からない……。

「お金かかってそうでしょ、って話！」

「お金……ああ」

生地の良し悪しという話だろうか。確かに刺繍《ししゅう》も凝っているし、ボタンひとつ取っても、俺がありさに買ってあげられるような服ではないかもしれない。

「その、ほら、あたしがいかがわしいお店でどうこう、なんて噂《うわさ》されるでしょう」

「ん？」

「あたしみたいな学生がこういう服着れるのは、そういうお店で働いているから……なんて噂も、レッテルのひとつよ。今日はそれを解消しにきたの！」

「……なるほど、それで古着」

合点《がてん》がいった。

「ただ、三浦さん。俺は三浦さんがサンドラで働いていることを知っているが」

そういうと、一瞬その長いまつ毛とともに目を瞬《しばたた》かせてから、

「いや、だから、欠片《かけら》の疑いも無くそうのコーナーよ」

と、唇を尖《とが》らせた。

「サンドラでバイトしたあと、ほら、よ、夜のバイトしてるとか思われたくないし」

「夜のバイト？」

「食いつくな食いつくな！　あたしはやってない！」

「いやしかし、どういうものなのかと」

「なんで聞きたがるの！」

そりゃ。

「夜中に高校生ができるバイトがあるなら教えてほしい」

「あ、ああ……そういう……」

力なく肩を落として、三浦さんは小さく溜め息を吐《っ》いた。

「あるもなにも、高校生はダメなものよ」

「……高校生がダメなものをやっていると、三浦さんは思われているのか」

「まあね」

さっと髪をかき上げて、彼女はこともなげにそう言った。

ただ、それがどうも努めて言っているように見えて、俺は言葉に迷う。

つらいだろうとか、嫌じゃないのかとか、そんな当たり前のことばかりが脳裏をよぎる。

そうして俺が逡巡《しゅんじゅん》していると、三浦さんは呟くのだ。

「……服」

「えっ？」

「服、褒めてくれたのは嬉《うれ》しかったから」

空を睨《にら》んだまま、三浦さんはそこまで言い切った。

……。

なんだか気を遣わせてしまったようだ。

でも、彼女は改めてそう言ってくれた。綺麗な横顔、その頰がほんのりと朱に染まって、実際嫌だとは思っていないらしいことが伝わってくる。

「よし、行こう三浦さん」

「えっ？」

「もっと、三浦さんのことを知りたい」

「っ……」

三浦さんは俺に振り向いて、上目遣いに俺を睨んで、それから言った。

「もうちょっと言葉選んでよ」

唇を尖らせながら、それでも彼女の目は笑っていた。

† † †

古着屋という文化について、俺はあまり明るくない。

きっと利用した方がよいのだろうと思いつつ、そもそも服を新調することそのものに抵抗があったからだ。

服を買うくらいなら、別のものにお金をかけるべきというか、貯《た》めておくべきというか。

里中さんが頻繁におさがりをくれるのと、あとありさの分はレイチェルさんがわざわざ用意してくれることが多いのだ。

里中さんには遠慮しても「捨てるだけ」だというから甘えさせてもらっている。

問題はレイチェルさんの方なんだが……。

『貴様に金がなくとも、アリサに罪はない。いや貴様にもないが』

とのことで。女の子には良い服を与えるべきという論調で展開されると、女ではない俺は黙るしかないのだ。

……恩人たちは皆強い。

「ま、レイチェルさんが正しいし、諦めなさい」

それは三浦さんも同様に。

「そうか……」

馴染《なじ》みだという店に連れてこられると、なんだか不思議な香りがした。

服屋の匂いには詳しくないが、図書館に似ている。

「ちょっと狭いから気を付けて」

「確かに、通路は細いな」

イメージとしては、衣裳《いしょう》部屋に近いかもしれない。所狭しと並べられた衣装ラックと、そのラックにぎっしりと詰まった衣服の数々。

古着だという先入観からか、全体的に色が落ち着いて見えるのは気のせいだろうか。

「どう、ご感想は」

「静かだ」

「あたしたちしかいないから……」

当たり前だと言わんばかりの溜《た》め息に、なんだか申し訳なくなった。

「俺はつまらない男だ……」

「そんな凹《へこ》むの⁉」

はあ、と小さく溜め息を吐いて。

「服に興味ないって言ってたしね。こちらこそ、つまらないなら申し訳ないけど」

「いや、楽しい。未知の世界だ」

「……そ？」

ちらっと俺を横目で見た三浦さんは、勘違いでなければ嬉しそうに見えた。

「じゃあ、こっちよ」

そう言った三浦さんの手がそっと伸びてきて……これは、取っていいものなのか。

少し悩んだその一瞬で、彼女の手は引っ込んでいった。

「ぁ」

声を漏らすよりも早く、すたすたと行ってしまう三浦さん。

「ほ、ほら、はやく」

暗い店内だからいまいち分からなかったが、少しその整えられた細い眉が下がっていた。

案内してくれようとしたのだろう。それこそ、暗いから。

「ああ」

頷《うなず》いて奥へと進むと、次第に気が付くことがあった。

この店たぶん、ごりごりの女性向けだ。ちらっと並んだラインナップに目をやって、試しにつまんで見てみると……うわ、こんな布一枚みたいな……。

「なにしてんの」

「なんでもないです」

慌てて戻した。布一枚。

「……ふぅん、へそ出し……」

「なんですか」

なんで敬語になってるんだ俺も。

「こーゆーの、好きなの？」

「え、着ませんが」

「誰も舞園が着るとは言ってないでしょうが！」

そうじゃなくて、と持ち直して。俺の胸元から、ぐいっと覗《のぞ》き込むように三浦さんは睨みを利《き》かせて、唇を尖らせて言った。

「こういうの着てる子が好きなの？」

ああ、そういう。

「いや三浦さんみたいなのが良い」

「っ、がっ」

いつも言ってるはずなんだが。

「そっ……こ、あ、ああもう！　当たり前みたいにきょとんとしやがってっ……！」

「いやもう分かってくれているものと」

「うるさい！　ほら、あんたの好きなのいっぱいあるからこっち！」

と、今度はなんだか摑《つか》みかかるような勢いで手が伸びてきた。

よし。

ぎゅっ。

「ひゃっ⁉」

なんか指同士が絡《から》まる感じになってしまった。俺はへたくそだ。

「な、あ、う」

三浦さんが手を持ち上げた。もちろん俺の手も上がっていく。

「ふぇえ……？」

そんな困惑した顔で見られても。

あと、そうだ。

「確かに三浦さんの言う通り、その手の服装は好きだが」

三浦さんが引っ張った方にある服のラインナップを見れば、確かに三浦さんが普段着ていてもおかしくない可愛《かわい》らしい服の群れ。

「俺が好きなのは、あくまで三浦さんに似合うからだとも最近気づいた」

「うぁ……」

じんわりと、手に熱がこもる。

なんだかふわふわした瞳で、三浦さんが俺を見上げている。なんだろうこの気持ちは。

なんだか、握った感触も柔らかくて、ずっとこうしていたくなるような。

「舞園……」

「……こほん」

別方向から咳払《せきばら》いが聞こえた。

おっと店員さん。これは失礼いたしました。

「わ、ご、ごめんなさい！　えっと、買います！　今日も買います！」

ぱっと彼女の感触が手を離れた。

ほんの少し名残惜しく思いつつ、改めて今日の目的に戻ることにした。

「えっと、えっと‼　舞園！」

「ああ」

「ど、どれが似合うと思う⁉」

ぱっと見せられるのはラックに揃《そろ》う可愛らしい服の数々。

しかし確かに三浦さんの言う通り、古着屋にもこういう服が色々あるんだなあ。

「どれもとても可愛いと思うが」

そうだな……。

やっぱり、俺の個人的な見解で良ければ、可愛い丸襟が三浦さんにはよく似合う。

「これとかどうだろうか」

「あ、可愛い」

ハンガーを手に取ってみると、好意的に受け止めてもらえたらしい。

ぱっと見て……しかしそれから三浦さんはだんだん難しい表情に。

「んー、これは難しいかも」

「そうなのか？」

「肩のところ見てみて」

俺が目を惹《ひ》かれたレース付きの可愛い丸襟から、言われるがままに目を滑らせる。

と、暗くてあまりよく見えないが、確かに全体的な柔らかな桃色が、肩口にかけて変色している気がした。

「ちょっと焼けちゃってるのはどうにもならないのよね」

「どうにもならないというと？」

「ほつれとか、たとえばレースなんかがダメになっちゃってるやつとかは、付け替えればいいんだけど。こういうどうしようもないのは買うべきじゃないのよ」

んん？　なんか……それってつまり。

「三浦さん、買ったものを自分で直して使ってるのか？」

「え、そうだけど？」

なんかすごく当たり前みたいな顔して返された。

さっきの俺へのクレームをそっくりそのまま返したいんだが。

「凄《すご》いな……全部店売りの新品だとばかり」

「それは誉《ほ》め言葉として受け取っておくわ」

三浦さんは困ったように優しく微笑《ほほえ》んで、ラックに服を戻した。

「古着屋には、ふつうに服を買う時とは違った目の使い方が必要なのよ。今時はアプリとかで色々買えるけど、そういうので外れを引くことも多いしね。だったら初めから自分の目で見られる古着屋が一番なの」

「勉強になります」

そう言うと、今度は三浦さんは無邪気に笑って言った。

「じゃあ、ほか」

「あ、俺が選ぶんすね」

† † †

「結局、全部俺が選んで良かったのか？」

「へ……？」

古着屋を出て、少し行ったところに三浦さんの好きなパンケーキ屋さんがあるということで。俺たちはそのままその店に入り、ふたりして同じパンケーキセットを注文した。

小さな円形のテーブルをふたりで囲んで、紙袋を物置きケースに入れたところで気が付いた。

そういえばこれ全部俺が選んだな、と。

「あー、まあ、そういう回だし？」

「そうだっけ」

「そうそう」

左上を見上げて彼女はそう言った。それ嘘《うそ》つくときのやつでは。

「まあ細かいことは良いとして」

「良いんだ」

別に俺もそこを掘り下げようという気にはならないが。

むしろ、俺が好きな服なんだから、そりゃあ三浦さんに着て貰《もら》えれば嬉《うれ》しい以外の感情は特に芽生えないという話で。

そうこうしているとすぐにパンケーキセットがやってくる。

スフレパンケーキ、というのもこれまた寡聞にして詳しく知らなかったが、ふわふわでなんとも可愛らしい。

「ありさにも食べさせてあげたいな。持ち帰れないだろうか」

「残念ながら、あと五分もしないうちに萎《しぼ》み始めるわ。そういうものなのよこれは」

そう言いながら、柔らかなパンケーキにシロップをかけ始める三浦さん。

そういえば。

「三浦さんは食べ物の写真とかもあまり撮らないよな」

「ああ……あんまり興味ないのよねそういうの」

露骨にめんどくさそうだった。

ただ、彼女はそこで思い出したように顔を上げ、おもむろに可愛らしいうさぎのカバーがついたスマホをこちらに向けた。

「えい★」

「ちょ」

撮られたっぽい。

「見て見て、パンケーキと舞園」

「いや、まあ、そうだろうが」

パンケーキと舞園以外の何物でもない写真を嬉々《きき》として見せてくる三浦さん。

今日はネイルが大人しくも可愛らしいミルクティーみたいな色合いだ……なんてとこの方が目を惹くくらい、俺の顔に需要がない。興味もわかない。

「なんだかちょっと、ギャップ？　みたいなのがあって良いわね」

コロコロと楽し気に笑って、三浦さんは満足げにスマホを仕舞う。

「俺に需要があったとしてもな……」

ホストだのパンケーキだの、本当にそれで誰かが喜ぶのかという話である。

「でもそうね、ありさは今度是非連れてきてあげてね」

「？」

連れてきてあげてね、とは。

「三浦さんも一緒じゃないのか？」

「えっ……？　あー……」

だって三浦さんの教えてくれた店で、三浦さんのことはありさは姉のように慕っている。ねえさん呼びしているレベルだ。

だから当たり前のように聞いてしまったんだが、三浦さんの反応は意外にも芳《かんば》しくなかった。

「…………ほら、その」

パンケーキをフォークで潰すように切りながら、歯切れ悪く呟《つぶや》く。

「前に、みつめいの話があったじゃない？」

「ああ……あの時は無理を言ってしまったみたいだったが」

「うん……」

ほんとうにスフレパンケーキは萎むようで、俺のもちょっと元気がなくなってきた。

早めに食べようと思いつつ、三浦さんの言葉が気になって進まない。

「あの時は、ごめん。なんか空気も悪くしちゃったし」

「なんなら家帰ってきてから隠れてたもんな」

「忘れて」

笑顔にもなんだか元気がなくなってしまって。

俺もつられて眉が下がった。

「あたしはあまり、ありさと出歩かない方がいいと思ってる」

「えっ」

「サンドラの送り迎えくらいならいいし……べつにありさに変なこと吹き込んだり、教育に悪いことをするつもりはないけど……でもほら、こんなのと一緒にいると、色々後ろ指さされたりもするしね。もしかして連れ子？　とか……相手は子持ちなの？　とか……援交なんざしたことないっつーの」

……もしかして。

「授業参観のことも」

「あたしなんかが行ったら、色々言われるわ。ありさは優しい子だから、あたしを変に庇《かば》っちゃうかもしれないし、そうしたらあの子、学校で居場所が」

「それはその……」

大変言いにくいんだが。

「服装がどうとかという」

「……あなた、意外と抜けてるとこあるわね」

「えっ？」

困ったように、三浦さんは続けた。

「両親もいない。唯一の肉親も来られない。後見人である里中さんでもない。そんなあたしをあの子がねえさんと呼ぶ……それで噂《うわさ》にならないほど、人間って善い生き物じゃないわよ」

「それは……すまない。俺が浅慮だった」

そう言うと、三浦さんは緩く首を振って。

「嬉しかったのは、本当よ。赤の他人のあたしを、本当の家族みたいに思ってくれて。あなたも、ありさも」

……。

「服装の話もまあ、そうね」

そう言って、本当に小さなパンケーキのピースを、ちょびっと口を開けて食べて。

そんな三浦さんは、やっぱり寂しそうな感じがした。

「中一の頃から、あたしってあんまり見た目変わってないのね」

「えっ」

「もちろん服装は全然違った。髪もただ流してたし、服も普通」

いや、だとしても中一からその見た目ですか……と俺でもなる。

へたな大学生よりずっと大人びたというか、その……大変。

「……あんまり見られると恥ずかしいわ」

「それはすまない。大変不躾《ぶしつけ》なことを」

「ごめんごめん、いじわる言った。あたしから言ったのに」

ちろっと舌を出して、三浦さんは続ける。

「だからまあ、正直うざかったのよ。年上からぽこじゃか告白だのなんだの。変に恨まれることもあったしね」

「……」

「男からはセクハラまがいのことばっか。女からは恋愛絡《がら》みで目の敵。ふつうに生きてるだけなのに、好き放題言われるんだもの。生きづらいったらありゃしないわ」

「……俺には想像もできない世界の話だ」

「そうね、ごめんなさい」

「だが、三浦さんがつらかったことだけは分かる」

「……ありがと」

でも、と彼女は続けた。

「あたし、家もちょっとアレで。自由なこととか何ひとつさせて貰えなかったから……結構、我慢するしかなかったんだけど……ちょっとした機会に恵まれて」

「機会」

「そ。家の束縛から離れる機会」

その長いまつ毛が、ウィンクに揺れた。

「でね、引き籠ろうかとも思ったんだけど……街中歩いてる可愛《かわい》い子を見つけたの」

「……もしかしてその可愛いのって」

「ま、あとで聞いたらそれが〝地雷系〟ってやつだったんだけど……すっごく可愛くて」

「分かる」

「……あなたのその肯定、すごい恥ずかしいんだけど」

まあ俺の知ってるそのファッションはイコールで三浦さんだから……。

「せっかく親の咎《とが》めもないし、自由の身になれたし、初めて通販で買ってみて……まあバカみたいに高かったんだけど……そ、そのくらい吹っ切れたかったの！」

「べつに言い訳みたいに思ってはいないが」

「いいの！　で！」

ぱくぱくパンケーキを食べる速度が速くなってきた。

「それで外歩いてみたの！」

「おお」

「最初はこう、ちょっと照れもあったし。周りから浮いてるかなって思って……実際あたしが見た子はバリバリに浮いてたし。でも、意外と気にならなくて」

なんだか、少し楽しそうに三浦さんは語る。

「それで、びっくりするくらい……誰も寄って来なくなった」

「それは……さっきの話からすると、三浦さんにとっては」

「凄《すご》い嬉《うれ》しいこと」

うんうん、と力強く頷《うなず》く三浦さんだった。

「これもあとで知ったことではあるんだけど……公園とかで、子ども連れの女の人って結構茶髪が多いのね」

「へえ、そうなのか。なんでなんだ？」

「その方がヘンなおっさんおばさんに絡《から》まれないからだって。結局のところ、ナメられ防止、みたいな」

「なるほど……」

「あとは、独身の人が左手の薬指に指輪をするのってなんでか知ってる？」

「いや……そこって結婚指輪の位置だよな？」

「そう。だから、ナンパとか余計な色恋沙汰を防止できる処世術」

「おお……なるほど」

確かに。普通はそれで色恋なんかしない。うちの親と違って。

「それと一緒で……この可愛い恰好《かっこう》にも意味があるって知った。ははーん、どうやらあたし、やべーやつだと思われてるなって」

「……なるほど。聞くだにアレだが、三浦さんにとっては」

「そう、凄い嬉しいこと」

またうんうんと頷く三浦さんだった。

頭のリボンに合わせて可愛らしいツーサイドアップが揺れる。

なんか……挙動がありさに似てきてない？

ありさみたいな三浦さん……可愛いの暴力じゃないか。

「それでまあ、晴れて学校でもやべーやつだと思われて、変な人付き合いから解放されて、寄り付く男も消えたから、女社会からも影が薄くなりましたっと」

「好きなことをした結果、良いことずくめって感じの話だった……」

「まあね。金子みたいなのにも言い寄られないし。どっちみちうざかったけど」

「……いや、金子先生だって先生である以上は」

「妙に口説き交じりのノリでくるか、下心満載のセクハラかの二択だから、どっちみちうざいのよ。まだ後者のがマシだからいいけど」

「マジか……」

誰彼構わず寄ってくるというのも考えものだが、セクハラにしても大概だとは思う。

「ま、いいのよ。手ぇ出そうとされないだけ」

そう、彼女は笑った。

俺は俺の人生だけで手いっぱいだったが、三浦さんは三浦さんで随分と壮絶な人生を送っていた。

その苦労を理解することはできないが、せめて彼女が笑っていられるよう努力したいと思わせるような、そんな。

「ただねー、社会の爪弾《つまはじ》きばんざーい、って思っても、人生って一筋縄ではいかないのが困りものだった……そんな感じ。ありさの件に関しても……あとあなたとのことも」

「俺？」

「……ごめんなさい、今の無し。むしろあなたと出会えたのはあたしがあたしだったおかげだから」

「そ、そうか……いや、俺も三浦さんと出会えたことには感謝しかないが」

「あはは、ありがと」

ころころと三浦さんは笑って。

それから、急に怒った。

「あ！　冷める前に食べなさいよね！」

「……萎《しぼ》んでいる」

その、情状酌量の余地はないだろうか。

あまり今の三浦さんの話は、パンケーキをぱくつきながら聞けるものではなかったというか。ダメだろうか。

その旨《むね》を三浦さんに誠心誠意お伝えしたところ、いたずらっぽい笑みとともに、次のお言葉をちょうだいした。

「だーめっ♪」

09：発露した欲

「あれ、そういえば三浦さんとのお出かけは……」
地雷系を払拭《ふっしょく》するという名目のもと行なわれたものだった気がする。
こうなったらもはや、気がするだけだった説もあるが。
だって、実際に彼女があの恰好をしているルーツについては聞いたのだ。
好きな服装であり、かつ武装でもある。
それだけ聞ければ十分な気もするんだが……帰ったあとのＬＩＮＥにはこうあった。
『次はどこに行く？』
……もちろん否《いな》やはないんだが。
三浦さんのＬＩＮＥは基本的に淡泊だ。絵文字やスタンプはほとんどない。
『地雷系の云々《うんぬん》については解決した気もするが』
いちおう、確認のためにそう問うと、すぐに既読はついた。
ただ、しばらく返事がなかった。
俺がシャワーを浴びて戻ってくると返信が来ていた。
『それはそうかもしれないけど』

『解決したら終わりだった？』
『いや、うん』
『そうよね。忙しいもんね』
『今の無しでいいから忘れて』
『ごめん』
『あたし地雷系かもしれない』
ばかな。
俺がシャワーを浴びている間に何があったというんだ。
『何があった』
『自分が嫌になった』
なぜだ。
急に心配になってきた。
『今どこにいる？』
『聞いてどうするの』
『会いたい』
迷惑かもしれないし、何がどうしてそんな自己嫌悪《じこけんお》に陥ることがあったのかはさっぱり分からないが……それでも、俺は落ち込んだ三浦さんを放置できる人間ではない。

既読がついたまま、しばらくして、三浦さんから通話がかかってきた。

「はい、こちら舞園」

『……ん。ごめん』

三浦さんの声は沈んでいた。

「どうしたんだ三浦さん。俺にできることがあれば何でも言ってくれ」

『いや、なんか……ダブルパンチ……』

「誰にやられたんだ。金子先生か」

『何でもかんでもあいつってわけじゃないわよ。あんたの中のあいつどうなってんのよ』

「それは俺が三浦さんに聞きたいが……」

嫌な教師であることは間違いないが、罪を犯しているとまでは思いたくない。

「じゃあダブルパンチというのは……」

『ちょっと調子乗ってたなってことに気付いたのがひとつ。……あたしがあなたと一緒に出掛けるのが楽しくても、あなたは忙しいってことすら忘れてた。配慮のひとつもできない女になってたなって』

「そんなことは。いつも配慮の塊みたいによくしてくれるのに」

『それはあたしがやりたくてやってることだからノーカンよ』

「果たしてフェアかそれは……？」

やりたくてやってるという俺にとってありがたい配慮はプラスにならずに、やりたくてやったことがマイナスになる……それはあまりにも。

『で、もうひとつが……その……えっと』

今のだけでも随分誤解とともに申し訳なさがにじんでいる感じだったが、さらに消え入りそうな声で三浦さんは言った。

『あたし地雷系かもしれない』

「ばかな」

そんな、聞くだにヤバイ人に！

『舞園に嫌われたかもって思ったら……なんか……もう全部どうでもよくなって……もしかしたらこれ、ほんとにめんどくさい依存してる地雷系なんじゃ……って……』

「……」

一瞬、なんと答えればいいのか分からなかった。

「ごめん、三浦さん」

『っ……』

ひゅっと息を飲んだ音だけが耳を打った。

『ん……なに言われてもいい』

そんな覚悟を決めたみたいなこと言われても。

「正直三浦さんが何を言っているのか、何を言ってあげればいいのか俺には分からないところがある。依存というのもよく分からない」

むしろ依存してるのはこちらの方だ。ありさの世話に始まって、日々の食事まで手伝ってもらって、バイト先も三浦さんが入ったおかげで良いことばかりだ。

「だからもしかしたら俺の言うことは全部的外れかもしれないけど」

そう前置きしたうえで、ひとまず素直に伝える。

小手先のテクニックなど不可能だし、それこそ会話で人を楽しませることができる人間ではない。そういう意味では、俺にホストは無理だろう。やっぱり。

「今のところ、三浦さんを嫌う理由は俺にはひとつもない。むしろ」

『……むしろ？』

「三浦さんに出会えたことが、俺の人生にとってとても大きな幸運だったと日々実感するばかりだ。今日だって、行ったことのない場所に行って……きっと三浦さんがいなければ一生縁のなかった場所に行って。それで楽しかったんだから、それは全部三浦さんのおかげでしかないわけで」

『……また行ってもいいくらい、楽しかった？』

「叶《かな》うなら何度でも。ああ、ただ」

『ただ？』

「三浦さんが居ないなら、もう行くことはないだろう」

『……そう』

「それで伝わっただろうか」

『……』

三浦さんの判断を待つことしばし。

彼女の返事は、小さな窓の外の月に一度雲が通り過ぎるくらいの時間がかかって。

『やっぱりあたし、地雷系かもしれない』

「なぜ⁉」

伝わらなかったか⁉

「今の俺になにか至らないことがあったというのなら――」

『ううん、ちがくて』

そこで俺はふと言葉を失った。

なんだか彼女の声色が明るくなったように感じたからだ。

『……あなたにそう言ってもらえただけで、すぐ元気なの』

「それがどうして地雷系に」

『我ながら浮き沈みが激しいなって』

「沈んでてもすぐに浮いてくれるならそれが一番だ」

『ん』

なんだったら一生浮いててくれた方がいい。

『迷惑かけちゃってごめん。会いに来てくれるっていうのは、その……嬉《うれ》しかったけど』

「もう大丈夫か？」

『うん。元気』

ふと思い立って聞いてみた。

「そういえば今、どこにいるんだ？　風の音がするけど」

『ああ……ベランダ』

「そうか」

ベランダにしては車通りも多そうだが。そういう家もあるか。

というより、家か。三浦さんは本当によくうちであれこれしてくれるから、三浦さんの家のことはよく知らない。

今日の口ぶりからして、ひとりで暮らしているのだろうか。

『ねえ、舞園』

「ああ」

『また……あなたの空いている時間でよければだけど……どこか、行かない？』

そういえば、今日のＬＩＮＥの最初はそういう話だったことを思い出す。

同時に、ふと思った。

ちらっと視線を横に向ければ、閉じた部屋の先でぐっすりとありさがおやすみ中だ。

「ありさとふたりでいると、三浦さんはよくないと言っていたな」

『え？　あ、うん』

「だったら今度、三人で出かけないか」

『それは……』

「俺がいれば、またちょっと話も変わってくると思うし……ありさも喜ぶ」

『……』

また少し三浦さんは黙った。悩んでいるのだろうことは伝わってきた。

「どうだろうか。俺は……それがいい」

『……分かった』

「そうか！　……それは良かった」

思わず大きな声が出て、慌ててトーンを落とした。

これがありさに聞かれてしまったらコトだ。

ただ、きっとありさも喜ぶだろう。

『ん……それじゃあ、ありさの喜びそうなとこ考えておくわ。パンケーキも嬉しいと思うし……あとは、初めてのネイルとかも……それから』

なんだ。

色々考えてくれてたんじゃないか。

思わず緩む口元を押さえて、続けた。

「確かに俺は忙しいし、ありさにも時間を使ってあげたいし。だからそれを三浦さんと一緒に叶えられるなら、それが一番だから」

『ん、分かった。ちゃんと考えておく』

そう頷《うなず》いてから、三浦さんは笑って言った。

『それじゃあ舞園、また明日』

「ああ、また明日」

嬉しそうな声色で安心した。

† † †

「けんせー」

翌朝、俺の席に現れたのはゆるキャラだった。

ちらっと見上げて、俺は油断していた。

またぞろゆるいことを言い出すのだろうと高をくくっていた俺が悪かったのかもしれないが。

「ホストってマ？」

「ぶふっ」

思わず吹き出した。なんてこと言うんだこのアマ。

きょとんと首傾《かし》げてとんでもないこと言いやがって。

「なんでそんなことになってんだ」

「いやなんか噂《うわさ》になっててー。けんせーがそんなことするわけないじゃんね」

「まあしないが」

だよねえ、となんだか安心したように目じりを下げる安慶名《あげな》だった。

「深く考えなくても分かるだろう」

「まーそーなんだけどさ。隣のクラスの子たちから聞いてちょーびびった」

「びびるな」

昨夜まさに適性の無さを実感したばかりだぞこっちは。

まったく、と息を吐いたその時だった。

「そだよねー。けんせーがなんかちょーかっこいいホストみたいな制服着てるとかさー」

……ホストみたいな制服？

「……安慶名」

「なぁにー？　安慶名だよー」

ゆるゆると袖に隠れた手をふりふり。

俺はべつに名前の確認をしたわけではない。

「それはどんな服だ？」

「えっ……え、なんで？　いや、なんか黒くて、ワイシャツで、かっけースラックスに良い感じの革靴……」

サンドラの制服ですねえ…………。

高校から遠いわけではないから、見られるケースがないではないが……。

「それは、どこで？」

「え……渋谷らへんじゃないかな……宮下パークとかそこら……」

あー……近所ですねえ……買い出したまに行きますねえ……。

「……えっ？」

そんな泣きそうな顔で俺を見るな。

「えっ、うそだよね、けんせー……」

「やってないやってない。ホストはやってない」

「ホストじゃないならなんなの……？」

「いや本当に何でもない、気にするな、気にしても仕方のないことだ」

「気になるじゃん！」

机叩《たた》くな、周りが見てる。

しまったな……俺なんて目立つ生徒でもなんでもないから、噂になるとまでは思っていなかった。ていうか、それホストだなんだとこの前金子先生周りの女子生徒があれこれ言ったせいじゃないのか。

「ちょっとトイレ」

逃げることにした。

いくらゆるキャラが相手とはいえ、このまま話していたら色々と聞かれそうだ。

バイトが禁止されているわけではないが、バイト先に迷惑をかけたくもない。

わー、舞園がホストみたいな恰好《かっこう》で仕事してるー、などとよく知らない生徒によって動物園のパンダ状態になるのはごめんだ。

里中さんに迷惑のひとつでもかけてみろ、俺は切腹して詫《わ》びるしかない。

「まってまってー」

追いかけてくるなゆるキャラ。

「まってよけんせー」

服の裾をつままれては、振り払うほどヤバイヤツにはなりきれない俺だった。

里中さんのようにはいかないな。いやあれは真似《まね》しちゃダメなカスの例だが。

「……なんだ」

「危ないバイトとかしてない？」

「してないしてない」

「実入りがいい仕事には裏があるよ？」

この裏表のない善意。明らかに心配して見上げる瞳。

……安慶名には、サンドラのことくらい言ってもいいか……？

「安慶名」

「なに？　なんでも言って？　お金とか……ほんとはダメだけど……」

「財布を出すな」

そしてお前の財布で解決できる何かではない。

あととても絵面が悪い。人がいないのが幸いだが——ん？

あれ。どうしてあなたまで出てきてるんです？？？

「どうしたの舞園」

あなた、学校では話しかけないという話だったのでは。

「あなたは……三浦、さん」

ゆるキャラが警戒している。

警戒する相手でもないが——あれ？　なんか三浦さんも普段の三割増しくらいで目ぇつり上がってるんですが。

「こんにちは、安慶名さん」

「あ、名前……知ってたんだ、あはは」

「いつも舞園にちょっかい出してるから」

「は？」

……おっと？

三浦さんも言葉選んでほしいんだが、今ゆるキャラが「は？」っつった？

あの綿菓子の公式マスコットみたいな女が？

「えっと……今取り込み中だから、トイレなら早く行って？」

「悪いけど、あたしは舞園と用事があるから。引き留められると困るの」

俺、トイレ逃げようとしてただけなんだが。

いつの間に俺と舞園さんで用事があるから出てきたことに？

あとその「任せて」みたいなアイコンタクト何？　三浦さん？

「けんせーを何に巻き込んでるの」

「どうあれあなたの知るところじゃなくない？」

「そんなことないもん！」

安慶名？

「色々と誤解があるような気がするんだが」

安慶名も仲の悪い相手というわけではないし、三浦さんに関しては言わずもがな。

できれば知り合い同士であまり空気を悪くしてほしくはないんだが……。

「けんせーは……けんせーは小学校の頃からずっと……」

「ああ、同じ小中なんだっけ？　でもそんなに仲良かったわけじゃないんでしょ」

「それはっ」

俺、三浦さんに安慶名の話ってしたことあったっけ……あったかもしれないが。

でも実際、安慶名と仲良くなったのは最近のことで、中学まではほぼ接点が無かった。

『あれれー、高校までずっと一緒だねー』

去年のそんなノリがファーストインパクトだったように記憶している。

「けんせーはそうかもだけど……でも、うちは」

俯《うつむ》きがちに呟《つぶや》いて、いつの間にか俺の服の裾をつまんでいた手がするりと落ちていた。

んー……なんか、ゆるキャラがゆるキャラしてないと、俺の気分もなんか落ちるな。

「よく分からないが、安慶名は単純に俺がヤバいバイトをしてないか気にしてただけだ」

「ヤバいバイト？」

「ああ。ホストみたいな外見で宮下パークらへんをうろついていたと」

「…………………あー」

それで同じスタッフたる三浦さんは理解してくれたらしい。

買い出しが三浦さんの場合は、めちゃくちゃ綺麗《きれい》なメイドさんがうろついていることになっているわけで。

　渋谷のいいところは、どんな見た目のやつがうろついていても気にならないところだが。

「それこそやっぱり、あなたの心配することじゃないわ。というか、舞園がやばいことに巻き込まれそうになったら、それこそやばいやつが出てくるから」

　里中さんをやばいやつって言うな。半分事実だし、あり得る話ではあるが、あの人に迷惑はかけたくないんだって。

　誤解は解けただろうかと、安慶名を見ると。

　安慶名はやっぱり俯いたままで、ぽつりとこぼした。

「……なんで」

「安慶名？」

「なんで……そんなに、あなたが詳しいふんいきなの？」

「それもあなたに教える理由は――」

「……っ」

　ぐ、と顔をあげた安慶名の瞳が潤んでいて、少し息を飲んだ。

　なんだか俺の知らないところで、俺の気付いていないところで、色んなものが動いているような。そんな感覚だった。

なんで安慶名がこんなに食い下がるのかも分からないし、なんで三浦さんが突然学校で話しかけないルールを解消したのかも分からないし、安慶名が泣きそうな理由も分からない。分からないことだらけだ。

「三浦さん」

「なに？」

「安慶名嫌いなのか？」

「…………そういうわけじゃないけど」

そっと自らを抱きすくめるように腕を組んで、三浦さんは安慶名を見た。

安慶名は安慶名で、何かを耐えるように睨《にら》み返している。

……まあ、うん。悲しいことだが、相性の云々《うんぬん》はあるんだろう。

「でも、噂《うわさ》を鵜呑《うの》みにしてあれこれ干渉してくるやつは基本嫌い」

「……それは、そうかもしれないな」

実際、安慶名はホストの噂で俺に話しかけてきて……もともと、三浦さんのことも地雷系だから近寄るなと言っていた。

ただ、べつに悪いやつではないんだ。

「……話の種くらいの気分だったら、言わないことなんだが。安慶名が知りたいというな

ら、べつに俺は隠すつもりはない」

「……舞園」

窘《たしな》めるような三浦さんの言葉。

いや分かってる。三浦さんにとっては、三浦さんに雑なレッテルを貼ってあれこれ言ううちのひとりでしかないんだから。

ただ、それと良いやつなのは、両立すると思う。

少なくとも……

「変な噂になりたくないんだ。内緒にしていてくれるか?」

そう問えば、安慶名《あげな》は。

「……言わないよ。けんせーが嫌がることなんか、しない」

そう言ってくれると、思っていた。

「……」

なんだかおもしろくなさそうな三浦さんにはあとで誠心誠意お話しするとして。

「それじゃあ――」

と、俺は安慶名の手を取った。

†　†　†

「うまー！」

ご機嫌な安慶名の声がホールに響いた。

コーヒーにぽちゃぽちゃ角砂糖を入れる姿を見て、里中さんがドン引きしている。

「またとめんどくさそうな女引っかけたのか」

そうぼやく里中さんに三浦さんがキレた。

「またってどういう意味ですか⁉」

「自覚くらいはしようね一号」

「一号⁉」

三浦さんが不本意そうなところで大変申し訳ないが、俺もまことに遺憾である。

引っかけたってどういう意味だ。

「……一応聞いておくけど、本当にあの子連れてきて良かったの？　あーんなあっぱらぱーなテンションで、今にもこの店の写真とかインスタに上げてクラスメイトにべらべら喋《しゃべ》りそうな空気でしかないけど」

「お、一号が嫉妬してる」

「オーナーは黙っててもらえます？」

清々《すがすが》しいほど攻撃的な笑顔であった。

しかし俺も三浦さんに大変同意である。

「嫉妬なんてするはずがないでしょう」

「舞園も黙ってて」

あれ⁉

「――いや黙られても困るから質問にだけ答えてね？」

「は、はい」

攻撃スマイルがそのまま俺の方に向いた。どうして。

と言いつつ質問については、学校で答えた通りだ。

「しないと言ってくれたんだ。俺はそれを信じるよ」

「…………そんな信頼あるの？　ただの……クラスメイトじゃないの？」

「それはまあ、そうなんだが」

ちらっと安慶名の居るテーブルを見ると、本人と目が合った。

へにゃっとした笑顔と一緒にぶんぶん手を振っている。……手が出ていないので、袖を振っている。

「里中さんに言わせれば俺はまだまだ経験が足りないんだろうが、信じたい人を信じたいんだ」

「ふ――ん」

メイド服で腕組みすると、可愛《かわい》らしい袖口の両腕が、黒く上品な上着に包まれた豊かな胸をまた押し上げる。目のやり場に大変困って、そのまま安慶名の方へ目をやった。

袖のせいで分からないが、腕の振り方と安慶名の表情を見るにブーイングされていた。

なんだよ。

「……もし安慶名がバラしたら、その時は俺が責任を取るよ」

「………あっそ」

ぷいっと顔を背ける三浦さん。

こうなってしまっては多分、ちゃんと安慶名の信頼証明をするまではこの状況が覆《くつがえ》ることもないだろう。

その証明に果たしてどのくらいの時間がかかるか……なんてことを考えつつ、いちおう俺は安慶名の方に向かった。

あれがブーイングじゃなくて店員の呼び出しだったら俺が職務放棄になる。

「お呼びですかお客様」

「あれ、お嬢様じゃないんだ」

「そういう店ではない」

こてんと首を傾《かし》げる安慶名。

三浦さんも最初似たようなことを言っていた。

三浦さんの場合は、初めて着たメイド服のスカートの裾をつまんで、可愛らしい笑顔で
『おかえりなさいませ、ご主人様♪』

って言ってたが。そういう店ではない。そう言う三浦さんはずっと見ていたいが。

「でもそっかーよかったー」

「なにがだ?」

「三浦さんとは、同じお店で働いてるってだけなんだねー」

「まあ、そうなるか?」

意図がよく分からないが、そうだ。

「ふへへー」

テーブルに両肘を乗せて、さらに組んだ手の上にちょこんとその小さな顔を乗せて。

ただでさえゆるい顔をさらにゆるませた安慶名は、なんだか上機嫌だ。

さっきはブーイングしていたはずなんだが。

「機嫌、良さそうだな」

「そーかな。そーかもー」

それなら良いんだが。

「……あのさ、けんせー」

「なんだ？」

安慶名の視線は俺から外され、窓の外へ。

夕方特有の橙色《だいだいいろ》の陽《ひ》ざしを受けて、穏やかな表情の安慶名が言う。

「ありがとね。教えてくれて」

「知らない仲ではないしな。……少なくとも俺はそう思っている」

「……そっか」

へにゃっと微笑《ほほえ》んだ横顔は、優しい夕日に照らされて、安慶名が安慶名じゃないみたいだった。

不覚にも綺麗《きれい》な一枚の絵画だと錯覚してしまいそうなくらい……。

「私ね？」

「あ、ああ」

「小学校の頃は、けっこー大人しくてね」

「それは……そうだった気がする」

それこそ、今の安慶名を見ていると、昔の静かだった彼女を思い出す。

ハードカバーの大判児童書でも持たせれば、それこそ昔のままだろう。

「あはは、覚えてるんだ。ちょっと恥ずかしいかも」

「忘れていたら、小中一緒だったねって言われてもピンとこないはずだ」

「そーかな。そーかも」

……。

「でも……舞園くんはね、忘れてることもあるんだよ？」

「……そう、なのか？」

「うん。……私にとっては、小中一緒だっただけのクラスメイトじゃない。あの日の私にとっては……たったひとりの味方だったんだ」

……なんだろう。

俺は、小学校の頃の安慶名の、何を忘れているんだろう。

「……すまん」

「あはは。謝らないで。べつに、昔の話がしたいんじゃないの」

そう言ってから、ようやく安慶名は俺に目を戻して……いつものようにへにゃっと笑って、袖にひっこめた手を振った。

「うちはけんせーを裏切ったりしないよーって、言いたかっただけだからさー」

そうか。

「俺は裏切るとは欠片《かけら》も思っていないが」

「あはっ、さらっと言うねー」

袖で口元を隠して、ほんのりと頬を染めて。

それから安慶名は、俺の奥に目を向けるように、ちょっと首を伸ばした。

「でもあの人は、そう思ってないみたいだからさ」

俺が振り返ると、安慶名の視線の先で三浦さんがそっぽを向いた。

なるほど……聞いていたのか。

「ね、けんせー」

「ん？」

「また来てもいー？」

ゆるっと小首を傾げたゆるキャラの問いは、考えるべくもないもので。

「ああ、いつでも」

そう言うと、安慶名は嬉《うれ》しそうに頷《うなず》いた。

† † †

バイトを終えて家に帰ると、何やらありさのテンションが高かった。

なんでも学校でにいさんもねえさんも居て羨ましいと言われたようで、それを早く俺と三浦さんに報告したかったんだと。

はしゃぐありさと、ありさの睡眠時間の確保を天秤《てんびん》にかけた結果、とりあえず寝かしつけることにして。

優しく丁寧にありさをなだめすかしながらパジャマに着替えさせ、ありさの興奮を穏やかに鎮火させる三浦さんの手腕は流石《さすが》の一言。

ほどなくして体力の限界を迎えたありさがすやすや寝息を立てるまで何もできなかった俺は、ひとまずのお礼を三浦さんに述べた。

「ありがとう」

「……ん、まあ。ありさのことは苦にならないから」

目を逸《そ》らして三浦さんは言った。

うむ……やはりというべきか、ありさと違い三浦さんの今日の機嫌は斜めのままだ。

不機嫌にしてしまった謝罪をしようとして、俺はふと気づいた。

そう、里中さん直伝の、不愉快にさせたなら愉快にする、である。

「三浦さん」

「ん、なに。今日は舞園も疲れたんじゃないの」

「えっ……？　いや、どうだろうか」

マジでどうだろうか。いつも通りと言えばいつも通りだ。

確かに朝の新聞配達はあったし、睡眠不足もなくはない。ただそれはいつものこと。

安慶名《あげな》がバイト先にやってくるというハプニングはあったものの。

「フルタイムでバイトもしていたわけだし？　新しいことがあると疲れるものよ？」

「そう言われると、そう、か？」

言われてみたら少し疲れている気もしてきたが。

「ん、だから早く寝た方が良いわ。あたしもそろそろ帰るし」

「いや、それは」

「なに？」

このまま帰すのはやっぱりどうかと思った。

「舞園？」

「……」

しまった。

愉快にするのは良いが、どうやれば三浦さんは愉快になるんだ？

「……あの、どうしたの？」

「いや……」

漢《おとこ》賢誠、ストレートに言うしか能がない……。

「三浦さんを不機嫌なまま帰したくない」

「っ……もう」

三浦さんは仕方なさそうに眉を下げた。

「べつに不機嫌なんかじゃないけど……じゃあ」

困ったように、ふたつ並んだ椅子を示して。

「ちょっと座る？」

俺はひとまず、三浦さんに振り払われなくてほっとした。

三浦さんがちょこんと内股で腰かける椅子は、既に親しんだ彼女用のもの。

俺の椅子と、ありさの椅子、そして三浦さんの椅子。三つあるのが当たり前だ。

隣に腰かけると、僅かに太腿《ふともも》が触れ合うくらいの距離。

「ほんと、全然不機嫌なんかじゃないんだけど」

ん、あれ？

「なに？」

「いや、確かに……」

なんか、座ったとたん不機嫌がどこかに消えた気がする。

何が変わったんだ。

「それに、それを舞園に心配させたかったわけじゃない……はず」

腕を組み、何やら考え込むように三浦さんは言った。

俺に心配させたいってなんだ。

「べつにそれくらいはいくらでも」

「やめて、嬉しくなる」

「ならやめなくて良いのでは⁉」

どういうこと⁉

「そうじゃないの！　そうじゃなくて！　あたしはめんどくさい女になりたくない！」

「は、はあ……」

めんどくさい女……何がだろう。

とと、ありさが起きてしまう。

「少し声のトーンを落とそう」

「ご、ごめん……」

落ち着こうとひとつ深呼吸を入れる三浦さんだった。

「……安慶名さんさ」

「ん？　ああ」

その落ち着いた三浦さんから零《こぼ》れた名前は、意外と言えば意外な人物。

安慶名が、三浦さんの懸念《けねん》を杞憂《きゆう》に変えるまでは、三浦さんの中では話題にしたくない名前の気がしていたから。

十中八九、不機嫌の原因は今日の安慶名であるわけで。

「あのキャラ作ってんの？」

「あのキャラって……」

「マシュマロの公式マスコットみたいなキャラ」

「ああ……」

作っているというと、どうだろう。

確かに今日の安慶名は半分昔に戻ったような雰囲気もあったが。

ただ、普段の彼女を見ていると。

「確かなことは言えないが、今の安慶名はああいうキャラだと思う。マシュマロの公式マスコットみたいな」

無理をしているようには感じないし、あのキャラのままでの自然な笑いを、よく見ていたはずだ。俺の目に根拠なんてないが。

「昔はそうじゃなかったらしいじゃない」

「……そうだな。それこそ、静かで……あまり人と話しているところも見なかった」

小学校では少なくともそうだった。

中学ではなんとなくあのゆるキャラの片鱗《へんりん》があったかもしれないし、無かったかもしれない。分かることは、意外と人と話して笑い合う子になっていたことだけ。

いずれにしても俺は彼女と接点はほぼ無かった。

「……あの子にとっては、あれがなりたい自分なのかな……」

「三浦さん？」

「なんでもない」

緩く首を振って、目を細める三浦さん。

「盗み聞きするつもりはなかったんだけど、聞いてたのよ。喫茶店で、あなたと安慶名さんの話を」

「……そうか」

「そう。あれはどっちかっていうと、あたしに聞かせてた気もする。あなたと話しながらちらちらこっち見てたし。窓の反射越しに」

「えっ？」

そうか。安慶名が窓の外を見ていたのは……。

「裏切らない証《あかし》のつもりなのかしらね……知らないけど」

ふん、と小さく三浦さんは鼻を鳴らした。

「だと、良いいな」

証のつもりなら、俺にとっても嬉しいことだ。

「……」

「あれ、三浦さん？」

なんか睨《にら》まれた。

「その目なのよ。……なんか……なんかむかつく」

「えっ」

ごす、ごす、と三浦さんの側頭部が俺の肩に体当たりしてきた。

その度に彼女の甘やかな香水が鼻腔《びこう》をくすぐるのと……あ、このツーサイドアップの分け目ってこうなってるんだな、と彼女の頭頂部がよく見える。

「すまん」

「謝ってほしいわけじゃないやい」

「じゃあどうしろと……」

難しい。

「……そも、どういう目をしていたかも分からないんだが」

そう問うと、ごすごすやってた頭が俺の肩に乗ったまま止まった。

「なんか……優しい目」

「そ、そうか」

「いつもはこっち見てる」

「……まあ、そうかも」

三浦さんには常に優しくありたいものだ。

「ありさ向け以外禁止したい」

「三浦さんが言うなら……努力はする」

「…………できればたまにあたしも」

「あ、三浦さん宛すら禁止のつもりだったんだ」

「その方が公平かなって……でもちょっと堪《こた》えるからやっぱりやめた。あたしはずるをします」

「そうか……」

何がずるいんだろう。

「今もずるしてるし」

そう言って、ぐりぐりと俺の肩に頭を押し付ける。

「これはずるなのか……」

「あなたの優しさに付けこんでる」

「そんな風に思ったことがないなあ」

「あたしだけずるしてたい……」

「そもそもずるくないなあ……」

ふたりしてそうしていると、なんだかそのまま眠ってしまいそうだった。

三浦さんの言った通り、疲れはあったのかもしれない。

「……ねむい？」

「すこし」

そう答えながら、勝手に瞼《まぶた》が落ちていく感覚。

流石《さすが》に三浦さんを置いて寝るわけにもいかないから、なんとか踏ん張る。

こうやって、こっくりこっくり首が動くやつが出来上がるんだな……。

身をもって知ることになるとは。

「ふふ……ちょっと可愛《かわい》い」

「不名誉だ」

ほんの僅かに視線を右下に向ければ、至近距離で見上げている三浦さん。

それはそうか。俺の肩に頭乗せてるんだから。

目も大きくて、まつ毛も長くて、可愛いな、この人。

「んっ……なぁに？」

「いや……なんでも……」

しまった、だいぶうつらうつらと。

「……寝ちゃいましょう。実際疲れてるでしょうし。ほら、立てる？」

そっと俺の手を取る三浦さん。

されるがままに立ち上がると、少しよろけそうになる。

三浦さんがそっと寄り添うように支えてくれて、そのままベッドへ。

「……すまない」

「気にしないで。……けっこう、がっしりしてるのね」

優しい声が、そっと耳元で。

ベッドを見ると、足が安寧を求めて崩れ落ちた。

よほど眠かったみたいで——。

「きゃっ」

「あ」

足が絡《から》まってしまった。

俺の体重を三浦さんが支えられるはずもなく、そもそも眠かった俺は彼女が地面に打ち付けられないようにするのが精いっぱい。

密着していた身体《からだ》を抱き留めて巻き込むように俺の上へ。

倒れた先がベッドで良かった。背中からマットレスの感触。

……ふう。少なくとも三浦さんに痛い思いをさせる間抜けを晒《さら》さなかっただけ、自分を許せそうだ。

「……まいぞの？」

と、胸元から声。

支えてくれた彼女を巻き取るようにして抱きすくめていたから、そうなるのは当然か。

「すまない。巻き込んだ」

「んーん。いい……けど」

僅かに首を下げると、俺の胸元にちょんと顎を乗せた三浦さんが見上げていた。

心なしか瞳が潤んでいて、ほんのり頬が上気している。

そこでようやく、俺の両腕が彼女の腰を抱き留めて離さなかったことに気が付いた。

「これもすまない」

「あ……」

そっと手を離すと、そのままころんと横に転がる三浦さん。

俺の左腕が彼女の横っ腹に埋まったまま、隣合わせに寝転んだ。

ふたりして、俺のベッドに並んで寝てしまっている。

俺のベッドに。三浦さんが。

「……」

「っ……」

どうしよう。

すん、と三浦さんが息を吸う音。

「……あなたの匂いがする」

「……すまん、臭うか」

「んーん……」

寝ぼけた子どものように小さく首を振って、とろんとした瞳を向ける三浦さん。

すり、と彼女の脚が俺のふくらはぎを撫《な》でる。

すべっとして柔らかい。俺の左手は彼女の下。自由な右手が、思わず彼女の方に伸びる。

「ずっと、こうしていたい……」

甘やかな呟《つぶや》きを耳が拾ってしまった。

俺もずっとこうしていたい。

……そうだろうか。寝ぼけた頭が疑問をもたげる。

文字通り目と鼻の先に三浦さんの顔。

きめ細やかな肌が薄暗い光に反射して、きらきらと輝いている。

妖精の鱗粉《りんぷん》ってこんな感じなんだろうか。

きらめきにも似た肌の美しさとコントラストを作るように、黒く長いまつ毛と瞳。

頬の差し色にほんのりと血色の良い朱色が混じって……甘い吐息が俺の眠気を何か別の

ものに変えていく。

目の前の女が欲しい。

俺のものにしたい。

「ぁ……」

自由な右手が、レースで彩《いろど》られたブラウスの肩に触れる。

相変わらず、魅力的な彼女をより可愛らしく飾り付ける服装だ。

これを前に人が避けていくのが理解できない。

だってこんなにも。

「まいぞの……んっ」

首をなぞって、右手が彼女の頬に触れた。触れてしまった。

この美しさの聖域に、土足で踏み込んでしまった感覚は、申し訳なさよりも達成感が勝ってしまう。

俺は、この美しさに触れる権利があるのだと。

……ただ、それだけで終わりたくない。

もっと、彼女が欲しい。

「三浦、さん……」

吸い込まれるように、彼女の口元に——。

「ま、舞園っ」

と、我に返るような彼女の声。意を決したようなその声に、俺の変質した眠気ごとどこかへ吹き飛んだ。

「……すまない、俺は」

「ごめんなさい」

申し訳なさそうに目を逸《そ》らす三浦さん。

なぜ謝るんだろうかという疑問は、すぐに答えとなって返ってきた。

「あたしはずるいけど……その資格が無いことくらいは、分かるから……」

ぎゅっと目を閉じて、三浦さんが立ち上がる。

ふっと温《ぬく》もりと、左腕が感じていた重さが掻《か》き消える。

「三浦さん？」

「ご、ごめん。もう帰るね。元気。あなたのおかげで、もう全然不機嫌なんかじゃないし、元気だし。ありさを起こしちゃったら最悪だし、ね？」

「……ああ」

眠気も覚めてしまったから、俺も立ち上がる。

「じゃ、じゃあ、また」

可愛らしい小さなリュックサックを背負い、足早に玄関に向かう彼女の背中を、俺は呼び止めた。

「なあ、舞園さん」

「なに？」

明るく振り返る三浦さんは、確かに不機嫌ではなかったが、なんとも言えない寂しさのようなものを感じた。

だから俺は、答えを聞いてなお分からなかった疑問をぶつけた。

「資格ってなんだ？」

「それは……その」

寂しそうに眉を下げて。

「あなたの隣に立つ資格、かな。……ごめんなさい、あたしがもっと……ちゃんとしてたら良かったのに」

結局よく分からない。

ただ、なんというか。

なんとなく言ってやりたくなった。

「三浦さん。俺にも現状、資格は無いかもしれないけど」

「えっ？」

ただ、その有無にかかわらず、俺には目標ができた。

「俺は、三浦さんが欲しいわ」

10：資格

翌日の喫茶サンドラ。

三浦さんがいないので、俺もホールスタッフとしてそこそこ稼働《かどう》する。

裏手で里中さんやレイチェルさんの手伝いをする頻度も減るので大変といえば大変なのだが、もとよりこの店はそんなに忙しくはない。

里中さんが税金対策でやっている店、と聞いている。

そうじゃなきゃ潰れてるんだろうな……。里中さんの趣味とかノリで色々料理変わるし。

で、その里中さんだが。

「はー……しょーもな」

バックヤードで大の字に転がっていた。

それを見て、ケーキを素手で試食しているレイチェルさんがめんどくさそうに俺の方を見た。

「どうしてトールはこんなバカクソ萎えてるんだ？」

「どうしてそんな言葉ばかり覚えてくるんですか？」

日本語の勉強方法教えてやってくれ誰か。

それはそれとして、里中さんが萎えている理由だが。

「俺のせいですね」

そう言うと転がっていた里中さんが転がったまま言った。

「三浦のせいでーっす」

「まあ、俺と三浦さんの話をしたら里中さんがこうなりました」

「ほう。婚約したのか？」

「はやいはやいはやいはやい」

そんな結論になります？？？

「だってトールがこんなバカクソ萎えるとしたら、ケンセーとミライが良い感じになった時に決まっているだろう」

「あ、それ共通認識なんですね」

そうだったら良かったんだが、そうではない。

「賢誠はどーしても三浦が欲しいんだってさー」

「ほう！」

なんでそんなテンション上げるんだレイチェルさんも。

「そうか、欲しいか。ふっ、ミライも中々やるものだ。ついにそこまでこぎつけたか」

「なんで三浦さん側が頑張ってるみたいな言い方なんですか」

「ミライが頑張ったから貴様がミライを欲しくなったんじゃないのか？？？」

心底分からないと言った様子で首を傾《かし》げるレイチェルさん。

頑張ってたというか……いや、当たらずとも遠からずではあるんだが。

三浦さんの人柄に惹《ひ》かれたんだからまあそう、か？

「俺にできることがあるなら頑張ろうかなと」

「金だよ金。地雷系なんてみんな金ー」

「里中さんは黙っててくれませんか？」

「そうだぞトール。だったら今頃、貴様の周りは地雷原だ」

「オレはちゃんと地雷処理できるからね」

まったく。そもそも地雷系と三浦さんは別物だというのに。

……というか。

こうしてしばらく地雷系について考えてきて思ったが。

そもそも世にいう地雷系というやつも、ひとりひとりを見ればまた違うのだろうし。

俺に関係があるのは三浦さんだけなので、そこはそれだが。

「それはそれとして、金が必要だというのなら俺は前に里中さんが言っていたカニ？　の回収にも行くつもりです」

「オレが許しません」

「ぐ……」

「てか三浦は金じゃないしね」

「じゃあなんで言ったんですか！」

よっこいしょ、とバク転の要領で立ち上がった里中さんは、手を洗いながら言葉を続けた。衛生管理は本当にしっかりしてください。時勢もありますし。

「もしも女が欲しいなら、その女が一番欲しいものを与えるんだよ」

「トールの言い方は癪《しゃく》だが、欲しいものを与えるというのはその通りだな」

……素直に受け取りがたいことではあるが、里中さんにしろレイチェルさんにしろ、人生経験が豊富なふたりの言うことだ。確かに間違いはないんだろう。

「一番欲しいものですか」

「そうだぞケンセー。あ、その時一番欲しいものだからな」

「それはどういう？」

「金より優しさが欲しい時もあれば、愛情が欲しい時もある。明日には欲しいものが違うというのが当然のことだろう？」

「女ってマジめんどくさいよねえ」

「言葉を選んでくださいマジで」

「それに相手によって欲しいものも変わるからな」

「……めんどくさいですね、確かに」

なんてこった。

「ワタシからすれば貴様らの方が分からん。その時の気持ちで嬉《うれ》しいものなど変わるものだろうが」

「なるほどなあ……」

とはいえ、三浦さんの一番欲しいものは、なんだかころころ変わらなそうな気がした。

「で、三浦は何が欲しいっつってたの？」

「……資格、だと思います」

「は？　国家資格でも取るつもりなの？」

「いや……それが」

言っていいものかは迷ったが、このふたりは俺にとっては頼りになる人には違いない。

変に言いふらしたりもしないだろうし。

「隣に立っていい資格、と」

それで伝わるかは分からないが、とりあえず口にした。

するとふたりは顔を見合わせてから。

「めんどくさいなあ」

「ミライは可愛《かわい》い女だな」

なんて評価の分かれる人たちだ。

でも、すぐに理解を示す辺りは流石《さすが》なんだろうか。俺にはよく分からない。

「俺はどうするべきでしょうか」

「言いてえ、やめちまえそんな女ってめっちゃ言いてえ」

「もう半ば言ってるみたいなもんじゃないですか」

里中さんはクソデカい溜《た》め息を吐《つ》いてから、続けた。

「要は三浦は、お前と釣り合ってないって言ってるんだよ。勘違いしそうだから言ってお
くけど、三浦が下で賢誠が上だからね？」

「そんなバカな」

「で、それをどうにかする術《すべ》なんだけど……結局、意識を変えてやるって話になるんだよ
ねえ。自己肯定感っていうか」

「自己肯定感、ですか」

それはどうすれば上がるもので、どうしたら下がるものなのか。

「言いたくないなあ……」

「トールはケンセーに過保護すぎる」

「そうは言うけど、オレにとってそこの兄妹《きょうだい》は唯一の家族みたいなもんだからね」

「まだアリサが居るだろう」

「両方ダメでーす。賢誠にはこのまま健全に育って貰《もら》って、ありさは一生嫁に出さない」

「何言ってんだあんた」

ありさにそんなこと思ってたのか、こわ。

「まあ、結局のところ」

ふう、と里中さんは息を吐いて、言った。

「ここに居て良いんだって思わせれば良いよ」

「ここに居て良い……」

もし、その資格が無いと、三浦さん自身が思っていたのだとしたら。

俺の家に来てくれる時も、そんな心地だったんだろうか。

「いじらしいじゃないか。その資格が無いと思いながら、それでもケンセーに恩を感じて尽くしていたんだ。……まあ、きっとあれだ」

レイチェルさんは、改めてその蒼《あお》の瞳で俺を見据えて言った。

「その時一番欲しいもの——貴様はミライと会ったその日に渡したんだろう」

「……」

俺と三浦さんが会った日。

俺は結局、ぬれねずみになっている彼女に、ココアを渡したくらいだが。

「あいつがお前と居ると、お前に不都合なことが起こる。あいつはそう思ってるんじゃない？　心当たりないの？」

「それは……」

言われてみれば、幾つか思い当たる節はあった。

俺と一緒に、そしてありさと一緒に。

そういう時、俺たちがどんな目で見られるかと遠慮していた。

もしそれが〝資格〟だと言うのなら。

「それは、俺はそんなことどうでもいい、ではダメなんでしょうか」

「『ダメ』」

そんな。

「ケンセーは女心というものが分かっていないな。そんな台詞《せりふ》は当たり前だ」

「当たり前っていう女の傲慢はさておいて、結局口でどう言おうと、現状が変わってなけりゃ心の底で引きずるもんだよ。俺はお前の世界を変えられる、って見せつけるのが大事なんだよね。こういうのは」

「……ありがとうございます」

的確なアドバイスに、深々と頭を下げる他ない俺だった。

「なんだ、ちゃんとアドバイスするじゃないか、トール」

「かっこいい男に育って欲しいのと、変な女に捕まってるのと天秤《てんびん》にかけた結果だねえ」

「変な女じゃないんですってば」

まったく、この人は。

†　†　†

その日、俺に生徒指導室から呼び出しの放送が掛かったらしい。

「け、けんせ〜」

「そんな情けない声を上げるな」

その話を俺に持ってきた、泣きそうなゆるキャラをそっと制する。

「心配するな。俺は何もしていない」

もう安慶名《あげな》を誤魔化したり、適当にいなそうとも思わない。

素直にありのままを伝えても、なんの不利益にもならないし、何より彼女にはもう少し誠実になってもいいと思えたから。

「さて、いったい何がどうなったやら」

生徒指導室に呼ばれるのは初めてだし、心当たりもない。

「ついてこっか？」

「それは流石に大丈夫だ」

保護者かお前は。

そしてゆるキャラが付いてきたから何が変わるというのか。

船旅に出る相手を港で送るような顔つきで手を振る安慶名に背を向けて、とりあえず生徒指導室に向かうことにした。

待っているのはもちろん担任の金子先生だ。

さて、本当に何が起きるやら。

昼休みの途中だということもあって、ごった返す廊下を行く。

生徒指導室の周りには特に生徒憩いの場所などは存在せず、徐々に静かになっていく。

この辺、本当に来たことがないな。
学校に一年以上通っていても来ない場所があるということで。
俺がもう少し、学校探索なんかに興味があればまた話は変わったんだろうが。
あいにくとそれなりに忙しい日々を送っていて、そんな心の余裕はなかった。
三浦さんと一緒に弁当でも食べる、良い感じのスポットがあればいいな。
今はそう思えるくらいには心の余裕というやつがあるんだろうか。
だからこそ俺は、思わず足を止めた。
「あんたには関係ないでしょ！　放っておいてよ‼」
その叫び。声の主が誰かくらい俺には分かる。
生徒指導室からだ。
走ってそちらに向かい、扉を開けようとしたその時、向こうから勝手に開いた。
それも勢いよく。
「うぉ」
「あっ」
三浦さんだった。
泣きそうな顔をしている。

「っ」

「あ、三浦さん！」

だっと走っていく三浦さんを追いかけようとした時、俺はぐっと腕を掴《つか》まれた。

「おっと、次はお前」

「金子先生。三浦さんに何言ったんですか」

「そう睨《にら》むなよ。こっちだって大変なんだ。入れ」

「……」

三浦さんを追いかけたい気持ちもあったが、こちらの事情を把握するのも必要か。

思ったより俺の頭は冷えていて、いったんは金子先生の言葉に従う選択を取れた。

「よーし、座れ」

示されたソファに座ると、ローテーブル越しに金子先生もどっかりと腰を落ち着けた。

こう見ると本当にデカい。頑張ればダンクもできるという自慢は伊達《だて》ではないし、実際一九〇くらいある身長にガタイの良さが伴って、初めて見た時は頼りがいのある教師だと思ったものだ。

まったくの節穴だったが。

「……それで」

事情を聞こうとすると、先生は手で制した。

「三浦のこともそうだが、とりあえずはお前の話ね。ちゃんと呼び出した理由はある」

「うかがいましょうか」

そう言って居住まいを正すと、先生は笑った。

「攻撃的だなあ。生意気ってのは使い分けた方がいいぜ。誰をイラつかせて良くて、誰をいじってよくて——そういうことをしていい時とそうじゃない時ってのがある」

「そういうものですか」

「そ。それが良い距離感で人と付き合うコツだ。いわゆるコミュ障ってやつはそれが分かってないやつが多いんだよな」

「……それが俺を呼び出した理由で？」

「おいおい」

だん、とテーブルに大きな手を叩《たた》きつけて、先生は言う。

「今俺はお前に説教してるんだ。はい分かりました以外の言葉は求めてねえ」

「……」

黙っていると、先生は大きく息を吐いた。

「なんかお前……あれだな。肝は据わってんだよな。そこらへん、単なるひょろがりが急にイキり出したような連中とは違うんだが。そこは良いと思ってるよ俺は」

まあ、里中さんに仕込まれてるんで。

敵対に近い立場の相手と居る時に、ビビるのが一番ダメだと。

生きていくための術は、学ばせてもらっている。

里中さんは兄貴分であり父親であり、良い教師でもあったということか。

カスだけど。

「まあいいや。お前呼び出した理由だけど、推薦の話ね」

「ああ、はい」

「成績優秀で素行も問題なし。うちの高校からの枠は一個お前で良いんじゃねえかって話になってる。……現状はな?」

「それはありがとうございます」

「数少ない国立の枠だからな。お前も保護者に迷惑かけずに済むだろうよ」

「はい」

私立でもなんでも構わない、というのが里中さんの弁だが、俺個人としては国公立への推薦枠は大切にしたいところだった。

これ以上里中さんに甘えるわけにはいかない。

「だが、だ」

「はい」

「それは素行に問題がないからだ」

なるほど。

「これからも頑張れという」

「まあそう。優しく言うなら」

「では厳しく言うなら？」

なんとなく察していた。わざわざ呼び出すくらいだ。次が言いたいことなのだろうと。

高校二年のこの時期に、推薦の枠の話なんて仮の話に過ぎないだろうし。

改めて金子先生を見ると、心底真面目な顔で言った。

「お前もう、三浦から手ぇ引いとけ」

「……そこで三浦さんですか」

「前も言ったと思うけどな。あいつみたいなのにずぶずぶハマったら、ろくなことにならねえよ。ちなみに聞くけど、彼女居たことある？」

「ありませんが」

「悪いこと言わねえからやめとけ。ちゃんとした恋愛経験もないくせに女に夢見て、ああいうガワだけは良い女に入れ込んだら、お前……全部失うぞ」

……なるほど？

「経験談ですか？」

「調子に乗るなよお前。この期《ご》に及んで挑発のつもりか？」

「いえ」

「でもまあ、半分間違っちゃいねえよ。俺の周りの奴《やつ》らの経験も入っちゃいる」

……。

「どうしてそこまで俺に？」

「俺のクラスからめんどくさいのをふたりに増やしたくないんだよ」

ガシガシと頭をかいて、煩わしそうに先生は続けた。

「いまいちピンと来てねえみてえだから言ってやる。金遣いが荒くて、しかも貢《みつ》ぐ先は店の男ども。お前はその養分にされて、お願いされたらなんだってコロッと聞いてすっからかん。身体《からだ》で稼ぐこともできないお前は、ただでさえ将来のために必死こいて生活してる時間を全部あいつのために使うことになってボロボロ。よく見る弱者の構図だ」

「……俺がそうなるからやめておけ。というわけですね」

「ようやく分かった？」

まあ、分かりはした。言いたいことと、そのロジックの。

「それはつまり、三浦さんがいわゆる地雷系、ですか。そういうやつだからと」

「ああ。いかがわしい店であれこれ働いてるみたいだしな。さっきのお前の質問に答えるなら、三浦に話したのはその釘《くぎ》刺し」

「………………」

俺が安慶名に心配されたのとはわけが違う。

三浦さんは、よくない店で働いていると半ば決めつけられてなじられたのか。

「三浦さんはそんな人ではありません。彼女は――」

「ああ、いい、いい」

ひらひらと手を振って、先生は俺の説明を遮った。

「盲目になってる人間から何を聞いても仕方ないんだわ」

「俺が何を言っても無駄である、と」

「ああ。まあでも、すぐに分かる。俺に礼を言うことになるから心配すんな」

「そうですか」

……なるほど。聞く耳持たないと。

「それで、俺にはもう三浦さんに近づくなと」

「そーゆーこと」

大きく頷《うなず》く金子先生。俺に伝わったと見てか、満足げだ。

だからこそ聞いておくことがある。

「ちなみにそれを俺が守らなかったら？」

そう問うと、ぴくっと動く金子先生の眉。

いい加減イラついてきたのか、デカい溜《た》め息を吐《つ》いてから。

それから思い直したように首を振った。

「さっきちゃんと話しただろうが」

薄く笑って、続けた。

「推薦の話は、俺の胸先三寸だ」

「……脅しですか？」

「おいおい、教師としての心配だろ？」

なるほど、改めて理解した。

これはまた随分な話だ。クラスから面倒ごとを出さないための手腕。

学校から評価されている人気の先生は、手段を選ばないらしい。

そして、その力で面倒ごとを押さえつけることで、これまで問題を問題とさせなかったのかもしれない。当事者でなければ。ある種賞賛すべきなのだろう。当事者でなければ。


「分かりました」

「ん。分かったなら終わり」

ひらひらと手を払われて、俺は立ち上がった。

振り返ると窓の外に手を振る影。手があるということは安慶名《あげな》じゃないな。

俺が扉を開くと、俺が出て行くより早く部屋に入ってくる女子生徒。

「せんせえ、あそびにきちゃったー！」

クラスメイトの生徒だ。いつも金子先生の周りにいる。

「おー。じゃあ舞園は早く戻れ。三浦追っかけたりすんなよ」

金子先生の声に返事をすることもなく、俺は生徒指導室を出た。

扉を閉めて、一息。

ようやく分かったことがひとつ。

「なるほど、これが〝資格〟か」

三浦さんの言っていたこと。寂しそうにしていたこと。

俺に降りかかる、〝迷惑〟。

生きづらかった彼女が、生きやすく生きるために払わされた代償。

「……」

良い感じにムカついてきたな？

「そうして三浦さんがまたつらい思いをして、俺もそれに触れることを許さないというのなら……俺にも考えがある」

舐《な》められたら一発入れる。相手が教師だろうが、同じ人間なんだから。

11：俺の隣に

家に戻ってきた。

ありさもまだ帰ってきていない。

きっと今頃学校で友達との生活を楽しんでいるんだろう。

ありさの口から語られる学校での日々は、幸せに満ちている。

俺は味わったことのない感覚だったから、羨ましくも微笑《ほほえ》ましいものだ。

「……それはきっと、三浦さんが家にいてくれるおかげだ」

ありさの面倒もよく見てくれた。ねえさんねえさんと懐《なつ》いている。

俺がいなくて寂しい思いをすることもなくなった。

「果たして俺が盲目なのか。痛い目を見て、金子先生に謝る時が来るのか」

勝負にはちょうどいいものがあった。

俺が毎月貯《た》めていた貯金。

金子先生の言う通りなら、俺は三浦さんに貢いだ挙句破滅する。

俺が正しければ――これは。

「家族を守るために使うと決めた金だ」

†　†　†

「探偵？」

オフの里中さんは、サンドラでの服装とは打って変わっての着流し姿だ。

和風の屋敷《やしき》に住むのが昔からの夢だったとかで、なぜかマンションの最上階を和風にしている。ふつうに屋敷にするより面白いと思ったとかなんとか。

「はい。だから、紹介してください」

「ふーん。そんな大枚叩《はた》いて何の依頼をするつもり？」

正座した俺の正面にあぐらを掻《か》いて、里中さんお気に入りの、氷だけで染《し》み出させた冷たくて美味《おい》しい煎茶を口に運んでいた。

俺を見ていない、こういう時の里中さんは厳しい。

だからこその、俺の正念場だった。

金子先生なんかよりよほど怖い相手であると言える。

「教師の弱みを握ろうかと」

「……へえ？」

片眉を吊《つ》り上げて、里中さんはなおも気の無い返事。

「続けてみなよ」

「三浦さんから手を引けと言われました。国公立推薦の話を人質に」

「まあ、人間としてはクソだけど、そのくらいのクソは溢《あふ》れかえってるね」

「そうかもしれませんね」

世の中ろくなものではない。それも里中さんの教えだ。

「資格ってこれかなと思ったんですよ」

三浦さんの言っていた、隣に立つ資格が無いという話。

自分の生きづらさに、俺を巻き込みたくないという。

「それがどうして、探偵に繫《つな》がるわけ？」

ぶつけられたのは、分かり切った問いだった。

「賢誠の持っている力って、それ以外にもいろいろとあると思うけど」

澄み切ったガラスのティーポットから、美しい緑が小さなグラスに注がれる。

そっとお茶を味わう里中さんは、相変わらずこちらを見ようともしない。

「三浦を生きやすくするなら、見た目変えさせるとか。周囲の目が心配なら、賢誠があいつを是正していくのが常道じゃないの」

「それはその通りだと思います」

でも。

「俺は今の三浦さんが好きです」

「……」

「三浦さんのあの恰好《かっこう》も、好きなものを素直に着て喜んでいるところも。俺の隣にいる代わりに、何かを失わせたくもない」

「……それで？」

「だから……周りを変えようかなって」

「それで担任の弱みを握ろうってなるの？　あっちは一応、クソなりに筋通ってるよ？」

それに、と里中さんは続けた。

「なんも出てこなかったらどーするの？」

「それは……」

その時はその時、別のものを考えようと思っていた。

「その金はさ。ありさが病気になったりとか、賢誠がなにかで働けなくなった時のために大事にしてたもんでしょ？　そんな使い方していいと思ってんの？」

「……」

まごうことなき正論だった。

「……話が終わりなら、そろそろ準備するよ。オレは今日出勤だからね」

立ち上がりかける里中さん。

確かに里中さんの言う通りだ。でも、だからこそとも思うのだ。

「終わってませんよ、里中さん」

「……」

立ち上がりかけた姿勢のまま動かなくなる里中さん。

まだなんとか、聞く耳は持ってくれるらしい。

「俺はあれを、家族を守るためのお金だと思って貯めていました」

「言ってたね」

「それを、守るために使いたい。それだけなんです。ありさの病気や、俺のトラブルと、同じことです」

窓の外を、一羽《わ》の鳥が飛んで行った。

ぽつりと、里中さんが呟《つぶや》く。

「まだガキの癇癪《かんしゃく》」

「……」

ガキの癇癪。それは確かにそうだ。

結局大人には敵《かな》わない。里中さんに何かで勝てる気はしない。

でも、だからといって。

いや、むしろ。

だからなんだ。

「舐められたんですよ俺は」

そうだ。それが俺の本心だ。

「俺じゃ三浦さんをどうにもできないって舐められたんだ。俺じゃ大事な家族ひとつ守れないって舐められたんだ！」

そこで初めて、里中さんは俺を見た。

「——だから一発入れてやらないと気が済まないんですよ！」

ふう、と一息。感情的になってしまった。

だが……どうやらそれで良かったみたいだった。

「世の中、クソみたいなやつはいっぱい居る。賢誠のことを路傍の石程度に扱うやつらは居るし、実際それがまかり通るのが世の常だ」

「はい」

「だから――どけるにはちょっと邪魔な石ころにならなきゃいけない」

ぐっと緑茶を飲み干して、薄く笑う里中さん。

「雑魚《ざこ》のわがままは通らない」

いつもとは違う、怖さすら感じる笑み。

これこそがきっと、里中さんが人生で培《つちか》ってきた経験の集合体なのだろう。

「はい」

「……悪いやつになってきたね。まったく誰に似たんだか」

「心当たりなら痛いほどあるでしょう」

「かもね」

立ち上がったままの里中さんは、そう言って袖の中に手を入れた。

そして、机の上にぱさっと何かを投げた。

「これは?」

「写真」

「えっ?」

顔を上げると、里中さんはこともなげに続けた。

「だから写真。知り合いの探偵に頼んで用意しといたよ」

「……は？」

え、いや、え？

理解が追いつかない顔で里中さんを見上げるしかない俺に、ゆうゆうと彼は笑う。

「バカ女ってのはさ、自分の男の地位を自分の地位だと勘違いするもんなの。やたら隣で態度でけえ女が居たら、もう事後だよ」

「……最初から、分かってたんですか？　え、いつから？」

「前に言ってたじゃん。教師の三浦への対応が気になったとか。そん時言ったよ、撮ってくればいいのって。いやあ、オレも大概過保護だよねえ」

「里中さん……」

「ま、あんま出すつもりなかったけどね。ちゃんと覚えておきなよ、なぜ格上と無理な勝負に挑まなきゃいけないのか……それは舐《な》められたら終わる時だ」

「はい、身に染みて」

鎧袖一触《がいしゅういっしょく》にされたら、三浦さんとの関係も終わっていた。

隠れて会う関係は、やっぱり間違いだったんだ。

その関係を続けているから、三浦さんは自分の居場所だなんて思えない。

ああ、本当に。

「敵いませんね」

「親が子どもの壁じゃなくてどーするよ」

「本当に、恵まれました」

†　†　†

数日後。

俺は校長室の前に居た。

中は大荒れの様子だ。金子の怒鳴り声と、それに負けじと警察らしき声が聞こえる。

やるべきことをやるために、俺はノックをせずに校長室に踏み込んだ。

「ふざけんな、誰がこんなでたらめを！　あれか、俺を恨んでる生徒の誰かに違いねえ、くそったれ、どうせ三浦あたりが――」

当たり散らしている金子先生の台詞《せりふ》が、タイミングとしてちょうど良かった。

「俺ですよ」

「っ⁉」

結局、俺の覚悟も決意も、里中さんの手のひらの上だった。だったら、俺にできる残されたことはただひとつだ。

たった今金子先生が口にしたような――あらぬ八つ当たりを防ぐことだ。

「てめえか、舞園ッ……‼」

見たこともないような血走った目で睨《にら》み据えてくる金子先生も、里中さんに比べれば怖くない。

「ちょ、キミ！　ノックもせずに入ってくるな！　というよりも、突然校長室に来るなど――」

「すみません」

金子を取り押さえていた警察の方々に頭を下げる。校長先生も目を白黒させていた。

「ただ、これだけは伝えておきたかったので」

「どういうつもりだ！　ああ⁉　やり込めてやったヤツのツラでも見なきゃ気が済まないってか⁉　良い度胸だクソガキが！」

金子先生はデカいし強い。怒りの感情がそうさせたのか、押さえつけていた警官をはねのけて立ち上がる。

「おい、待て！」

そう叫ぶ警官をよそに、ニタ、と笑って金子先生は言った。

「最後の授業だ、もう失うものの無い人間の恐ろしさを教えてやる」

「……」

その振り上げた拳を察して、俺は動かなかった。

このくらいのことは甘んじて受ける。俺は何もしなかったんだから。

勢いよく頬をぶん殴られて、首が捻《ね》じ曲がる。そのまま身体《からだ》の動きに合わせて受け身を取って、俺は地面にたたきつけられた。

「何をやっている‼」

「傷害罪の現行犯も追加、と」

次の瞬間、もう一度金子先生は押さえ込まれた。

「大丈夫か、キミ。まったく、キミも何をしにきたんだ！」

「いえ、用は済みました。失礼しました」

これで金子先生の刑期は延びる。

恨みも憎しみも、俺だけに向くだろう。あとのことはこの人が出てきたら、その時に考えよう。

† † †

学校は騒然としていた。

それはそうだ、教師が未成年淫行で捕まったのだ。

握ろうとした弱みは、ことのほか大きかった。

相手の生徒は転校という形になった。実名こそ流れないだろうが、噂《うわさ》というものの恐ろしさは俺は十二分に理解しているつもりだ。

その火元が事実だというのなら、きっとレッテルがもとのそれよりも大変な人生になるだろう。

うちのクラスの担任は、臨時で教頭先生が任されることになった。

ざわざわと、またしても噂が噂を呼んでいる。

誰がどう金子先生と関係を持っていたのか。あの女子生徒だけだったのか。

その中に、看過しがたいものがひとつ。

それは——三浦さんのことだから関係があったのではないかというものだ。

俺が立ち上がりかけた時、声を被《かぶ》せたのは意外なやつだった。

「やー。人は見かけによらないよねー」

そう、ゆるっと。

いつも通り、なんとなくゆるっとクラスメイトの輪の中にいる彼女は、そのままちらっと窓際《まどぎわ》の席に目を向けて言ったのだ。

「三浦さんも案外、見掛け倒しの可愛《かわい》い人だったり？」

「……えっ？」

どこか惚《ほう》けている様子だった三浦さんにかけられた声。

ゆるキャラはそのままゆるりと口にした。

「見た目だけっしょ、その地雷系。みんなに絡《から》まれたくないからーって」

「安慶名《あげな》さん、なにを」

目を白黒させる三浦さん。

周囲の目も、意外なものを見るように。

だからと言って突然話しかけられたり、囲まれたりすることこそないけれど。

最後にちらっとこちらを見た安慶名のウィンクには、素直に頭を下げておいた。

† † †

改めて彼女と会ったのは、学校の廊下だった。

下校時刻になって、ざわざわと穏やかならぬ空気が流れる中。

「……舞園っ」

人気《ひとけ》の多い場所だった。

それでも、彼女は声をかけてきた。

「ああ」

振り返り、笑顔で応じる。

すると、彼女は恐る恐るといった様子で歩みを寄せてきた。

そして、殴られた俺の頬にそっと触れた。

「……もしかして、舞園が？」

「いや、結局俺は何もしなかったよ」

自分の意志の確認ができただけだ。

でも、それでも言うのなら。

「ただ……三浦さんの世界を変えたかった、みたいな感じ」

「っ……ばかね」

語るべきことはそう多くない。

示せることはひとつだけ。

そっと手を伸ばして、言った。

「帰ろう」

そう言うと、彼女は少し驚いて。

目元をそっと拭ってから、花の咲くような笑顔で頷《うなず》いた。

良かったと、思った。

12：こんなに欲しいと願うとは。

三か月ほど前のことだ。はっきり覚えてる。

俺はバイト先の喫茶店で、二十一時のクローズ作業をしていた。

壁一面が窓になっているような洒落《しゃれ》た喫茶店だから、外の様子はよく見える。

テーブルにアルコール消毒をして回っていた時に、凄《すさ》まじい稲光が何度も外で明滅した。

ひどい嵐の夜だった。

家にひとり残している妹が怯《おび》えていないだろうかと心配になり、ふと窓の外を見たんだ。

この喫茶店は、車が進入を制限されるような小洒落《こじゃれ》た通りに面していて、若者向けのブティックや時計店、装飾品店が立ち並んでいる。

だからこの時間でも、若者が居るのは不思議ではなかった。嵐に見舞われ、傘がえらいことになって、どしゃぶりの中仲間と大声で笑っている。

そんな様子を、少し微笑《ほほえ》ましく思って——表情が凍った。

この店の軒下で、傘も持たずに、膝を抱えてうずくまっている少女の姿があったから。

「おいおい」

本当に慌てた時というのは、勝手に口から言葉が零《こぼ》れるもので。

アルコールとタオルをその場に放置したまま、俺は速足で店の外に向かった。

パティシエは明日の準備で忙しいし、オーナーは裏で作業中。

ここにいるのは俺だけとあって、相当慌てたものだ。

CLOSEDの看板がとっくにかかっている扉を勢いよく開き、ごうごうと雨風が騒がしい中で叫んだ。

「なにやってる！」

「……」

聞こえてはいたのだろう。ただ、その綺麗《きれい》な髪と高そうな服を雨晒《あまざら》しにしたまま、彼女は微動だにしなかった。

「傘なくしたのか！　具合悪いのか！　調子悪いのか！」

思い返せば後半ふたつは同じ意味だったような気もするが、その時は焦《あせ》っていて脊髄で喋《しゃべ》っていた。しかしどの問いかけにも返事はなく、俺は店の軒下へ足を踏み入れた。

瞬間靴がぐっしょぐしょになるが、もう知ったことではない。どうせ帰りにはこうなる。

「おい！　って――」

がっと肩を摑《つか》んで、膝に顔をうずめている彼女を振り向かせる。

そこで気づいた。化粧はひどく崩れてしまっているが、見覚えのある女だと。

「三浦さん……？」

「……」

果たしてその時、クラスメイトの俺を彼女が覚えていたかは分からない。

ほとんど反応がなかった。それが俺を知らないからなのか、この完全な無気力状態からくるものなのかすら、判別できなかったから。

しかし目が合ったのも束《つか》の間。するりと彼女の顔はまた伏せられる。

「……ほうっておいて」

か細い声が、大騒ぎの嵐の中で、やけに響いた。

俺は器用な男ではない。相手に気を遣い、上手にエスコートする術《すべ》などない。

だから、そんな俺に出来ることは、ひとつだけだった。

ひとつ、息を吐いて。それから彼女の二の腕を下から掴み上げ、無理やり立たせた。

「良いから、来い」

「っ」

少なくともあのままにしておくことは出来なかった。

だから引っ張った。幸いだったのは、驚くほど無抵抗だったこと。

びしょ濡《ぬ》れの彼女を椅子に座らせ、奥から持ってきたタオルを被せ、それから……それからどうして良いか分からなくなった。

自分で事情を聞くことも憚《はばか》られて、とりあえずオーナーに指示を仰ごうと決めた。

ただ、裏手に行っても姿は見えなかった。トイレか何かだろうか。

長時間彼女を放置するのもまた憚られて戻ってみると、タオルを被せられたまま微動だにしていない。

諦めた俺は、覚えたてのココアを入れることにした。

テーブルに、香り立つ熱いココアを置くと、少しだけ彼女が反応した。

「飲め」

そう言うと、彼女の手がゆっくり動いた。両手でカップに触れて、温《ぬく》もりを求めるようにその指先が一本一本カップに当てられていく。付け爪がところどころ外れていた。

……改めて見ると、凄《すご》い恰好だった。黒と桃色が調和した、可愛らしさ全開といった雰囲気。歌舞伎町の方ではよく見る見た目だが、ここらへんだとそんなに見ない。

すごい私服だな、以外の感想は、そのときは生まれなかった。

「……あったかい」

そっと一口飲んだ三浦さんの呟《つぶや》きに、俺は何を返せばいいのかも分からず。

しばらくその空間に、沈黙とココアの香りだけが続いていた。

† † †

サンドラへ向かう道のりを、ふたりで歩む。

夕日が背中を優しく温めてくれる、宮下パークの並木通り。

「……舞園と会った日、さ」

「ん？」

ぽつりと隣を歩く三浦さんが呟いて、俺もちらっと彼女に目を向けた。

長いまつ毛が俯《うつむ》き伏せられて、彼女の瞳は木漏れ日のアスファルトを映している。

「勘当する、って言われたの。あたし」

「勘当……」

家族の縁を切るという意。そんなことを口にするのは親以外にあり得ず、そうなると彼女が家族と折り合いが悪いということも分かる。

俺の家に頻繁に来てくれていた裏側にあった状況に、ひとつ納得する。

「だから、嬉《うれ》しかった。雨の中、あなたが居てくれて」

「……そうか」

「なのに、また貰《もら》っちゃったね」

顔を上げた三浦さんは、泣き笑いのような表情だった。

まるで、三浦さんばかりが得をしているかのような、情けなさを感じていそうな。

だから俺は首を振った。

「それを言うなら、俺はいつも貰ってばかりいる。あの日と、今回。たった二回で釣り合いが取れているとも、思えていない」

「釣り合いだなんて、そんなの」

食い下がるように俺を見上げた三浦さんと、目が合った。

その真摯な瞳に、思わず吸い込まれそうになって……三浦さんの目が優しく笑い、俺もはっと我に返った。

「ふふ、おんなじね」

おんなじ。きっと三浦さんが言いたいのは、お互いに助け合っているということなのだろう。俺は頷きかけて、やっぱり違うと思った。

たった今、彼女は俺と目を合わせて笑った。でも俺は、彼女を見て笑えなかった。

笑うより先に、やっぱり彼女が欲しいと思ったんだ。

「三浦さん」

「ん？」

漢《おとこ》賢誠は正面から行くしか能がない。

「……俺は、三浦さんに優しくしたくて今回のことをしたわけじゃないんだ」

「え……？」

意図が分からないとばかりに、目を丸くする三浦さん。

立ち止まる俺に合わせて、彼女も止まる。

「舞園？」

いざ言うとなったら緊張して、口の中が妙に乾く。

「あなたと縁を切るように言われた。あなたと、これ以上関わるなと」

金子先生に言われたことを思い出す。べつに彼が完全に間違っているわけではないのだろう。

問題があったとすれば、それは金子先生の常識に当てはめて、その枠から出なかったこと。三浦さんを、よくいる問題児としか見なかったこと。

「あたしを守ってくれた……ってことでしょ。その。自分で言うのは恥ずかしいけど」

「そういう見方もあるかもしれない。でもそうじゃない」

形としてはそうなった。でも、動機は違う。

金子先生にそう言われた時、嫌だと思った。果たしてそこに、三浦さんを想《おも》う気持ちはどれほどあっただろうか。

無かったとは言わないが、たぶん半分くらいだ。

その残りの半分に気が付いたのは、金を引っ張り出した時。

俺が離れたくない。俺が嫌だ。

なぜなら――俺は彼女をありさと同じく、大切に思っているから。

俺の独りよがりな欲望のままに言うなれば、三浦さんを身内だと思っているから。

そして、そう在ってほしいから。

大雨の日は、知らなかった。こんなに欲しいと願うとは。

「三浦さん」

改まって、俺がそう口にすると。

三浦さんも、なんだか瞳の色が変わっていた。

なんだろう。何かを待っているような……俺に何かを求めているような。

ただ、俺が彼女の期待に応えられるとは思えなくて、一瞬躊躇《ためら》う。

「……なに？」

潤んだ瞳と、少し上気した頬。夕日のせいだろうか。三浦さんが眩《まぶ》しい。

桜色の唇が、俺を急《せ》かす。

突き動かされるままに、俺は己のむき出しの想いを口にした。

「……あなたのためじゃない」

「うん」

「俺は、自分のためにやった」

「うん」

息をつめて、俺を見つめる彼女に告げた。

「俺がただ、あなたが欲しかったから」

そう、言って。

三浦さんがなんて言うのか、答えを待った。

きっと期待とは違うだろう。

だからと思って、彼女の唇が動くのを待った。

待ち続けた。

「……」

三浦さんは何も言わない。ただ、するっと両手が伸びてきた。

俺の首に回されるそれに、理解が追いつくより先に。

俺がさっき、吸い込まれると思ったほど、本能が欲《ほっ》した彼女の柔らかいそれが。

「ん……」

そっと押し付けられた。

エピローグ：美来さんは見た目だけ地雷系

「ねえ、本当に大丈夫？」

彼女は随分と緊張している様子だった。

「大丈夫どころか、期待しかないはずだ」

「そ、それはありさに限った話でしょ……！」

彼女も俺も、いわゆるフォーマルカジュアル。

それなりに身なりをきちんと整えて、ＴＰＯを弁《わきま》えて。

ただ、今日はありさから彼女に向けて追加の密命が下っていた。

というのも。

「あたしが言ってるのは、この服装の話よ！　あんたは良いけど！」

フォーマルに耐えうるモノクロの服装になってこそ居るが、彼女の服装はいつも通りの地雷系。肩口や袖口、スカートの裾に可愛《かわい》らしいフリルがあしらわれた、彼女らしい装《よそお》いには変わりない。

「でも、そういう恰好《かっこう》で来てほしいってありさが言ってるんだし」

「……まあ、そうね。腹は括《くく》るわ」

なにやら勇ましい表情で、彼女は頷《うなず》いた。

さあ行こう、今日はありさの密命――ふたりで授業参観に行く日だ。

「準備できた、賢誠」

「ああ。それじゃあ出るよ美来《みらい》さん」

†　†　†

「で、なんで居るんですか」

小学校の校門前で、ママたちに囲まれて愛想《あいそ》を振りまく男がひとり。

イケメンなのは分かるけど、そいつは絶対にあかんと思いますよお母さまがた。

「なんで居るとはご挨拶だな、うちのプリンセスに呼ばれたんだが？」

「いや、まあ、そうでしょうけども」

イケメンこと里中さんは、俺たちに頼まれずとも当たり前のように授業参観に顔を出していた。あんた暇じゃないだろ。

ていうか、里中さんが来るなら俺が来るか来ないかで気をもむ必要はなかったな……。

……ありさが喜んでくれるなら、いいか……。

「あの、里中さん」

「ん～？　なんで三浦まで居るんだよ」

「いや、あたしも呼ばれたので……」

「ぐ……おのれ……！　ありさは渡さないからな……！」

「どういう感情ですか」

はあ、と未来さんは小さく溜め息。

そんな話がしたかったんじゃないとばかりに首を振って、改まって一礼した。

「この前は、ありがとうございました」

彼女のお礼はきっと、この前のこと。俺は事の顚末《てんまつ》を美来さんに全部話していた。

金子先生のパワハラを逃れたのは、里中さんのおかげだ。

しかし里中さんはきょとんとしたあと、俺を肘で突いてげらげら笑った。

「おい見ろよ賢誠、三浦の頭、どっかのメーカーのロゴみてえ！」

「くっ……」

思わず笑ってしまった。彼女の髪型は確かに、分け目の筋が〝人〟みたいな形に見えるから……大手のメーカーを連想する可能性はあったが……。

「なっ、ひ、人がお礼言ってるのに！　賢誠まで笑ってるし！」

「あっはっは！　これが力ある者の特権——あ？　今なんつった？　賢誠？？？」

「あ、いや、それは」

「情緒不安定ですか里中さん」

真っ赤になって怒る美来さん、高笑いから一変物凄《ものすご》い形相になる里中さん。

小学校の目の前で、いったい何をやっているのか。

「……はあ、俺からも改めてありがとうございました、里中さん」

「賢誠のお礼は聞き飽きたよ。もう良いって」

ひらひらと里中さんはめんどくさそうに手を払う。

でも、俺も学んだ。もっと強くなろう。色々な形で。

「まあ、あれじゃない？　三浦に散々パワハラしてたんでしょ？」

「え？　ああ……そうですね」

困惑する美来さんに、里中さんはあっけらかんとこう言った。

「お前、見てくれは相当良いからね。自分のものにならなくてムカついたんじゃない？」

「それはっ……いや、ええ……教師としてどうなんでしょう……いや、教師としてはどうしようもないことをしてはいましたが……」

美来さんの中ではもう、終わったことのようで。さんざんに言われた相手に対しても、フラットな判断を見せる。

「里中さん、流石《さすが》にそれは……名誉棄損の域なのでは？」

「なに言ってるんだよ賢誠。学んだはずだろ」

小ばかにしたように、里中さんは言った。

「負けた方は何を言われても仕方ないのさ。これも覚えておくように」

「……はい」

戦うということを選べば、勝者と敗者が生まれる。

そのリスクも考えて、俺は今後立ち回らなければならないということだろう。

胸に刻んで、改めて顔を上げる。

「じゃあ、いきましょうか。ありさが待ってる」

もう鐘が鳴った。

午後の授業参観が始まるとあって、多くの大人が学校に顔を出している。

俺たちは目立ったが、里中さんが笑顔を振りまいていた。

どこまでこの人のやり方を参考にすればいいのか微妙な気分になりながら、ありさの教室に辿《たど》り着く。

扉は開放されていて、すぐに俺たちは教室の後ろに顔を出した。

先生の目が少し丸くなる。異端の集団だからだろうか。

小さく会釈《えしゃく》して入ると、もう小学生たちは学習しているらしい。先生がその反応をしたら誰かが入ってきた合図とばかりに、可愛らしい顔がいっせいにこちらを向いた。

ぴくっと、美来さんの身が竦《すく》んだ。俺はそっと彼女の手を握った。

一瞬の間は、親らしからぬ集団の登場のせいだろう。

沈黙を裂くように、ひとりの少女が声を上げた。

「あー！　ありさの〝ねえさん〟でしょ！」

「ほんとだ！」

「お姫様みたい！」

口々に盛り上がる子どもたちに、握った彼女の力が緩んだ。

……良かった。

さて、ありさはどこかと辺りを見渡して見つける、見慣れた後頭部。そういえば今日も〝ねえさん〟と同じ髪型にしてもらっていたな。

「ほら、せんせいこまってる」

あらまあ、おしゃまなことを言う妹だ。

俺たちの方も向かずに、優等生ムーブである。

ちゃんと学校で頑張ってるんだな、ありさ。

「はい、舞園さんの言う通りですよ。前向いて」

ぱんぱんと先生が手を叩《たた》き、まばらにみんな黒板に向き直っていく。

最後まで美来さんを見ていた少女は、最初に声を上げた少女。

その子に、美来さんが遠慮がちに手を振って。

彼女は楽しそうに笑ってから、みんなにならって授業に戻った。

「ふーん。時代の流れってやつ？　三浦、普通っぽいじゃん」

不満げな里中さんの言葉は、腹の立つことに美来さんの救いそのものだ。

「……良かったね、美来さん」

「うん……」

そう小さく美来さんは頷いて、それから笑った。

「あたし、あなたと一緒で、良かった」

あとがき

高科です。対戦ありがとうございました。

編集様、イラストレーター様、スタッフの皆様のおかげで、自分が好きなヒロインのラブコメを出すことができました。

読者の皆様にとって楽しいものになっていたら、私の勝ち。

ご購入いただいた読者の皆様にとって楽しい作品だったなら、読者様の勝ち。

よい対戦になったことを祈ります。それでは。

お便りはこちらまで

〒一〇二－八一七七
ファンタジア文庫編集部気付
高科恭介（様）宛
ハム（様）宛

富士見ファンタジア文庫

美来《みらい》さんは見《み》た目《め》だけ地雷系《じらいけい》

令和６年６月20日　初版発行

著者――高科恭介《たかしなきょうすけ》

発行者――山下直久
発　行――株式会社KADOKAWA
〒102-8177
東京都千代田区富士見2-13-3
0570-002-301（ナビダイヤル）
印刷所――株式会社暁印刷
製本所――本間製本株式会社

ISBN978-4-04-075504-5 C0193 ◇◇◇

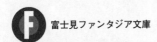

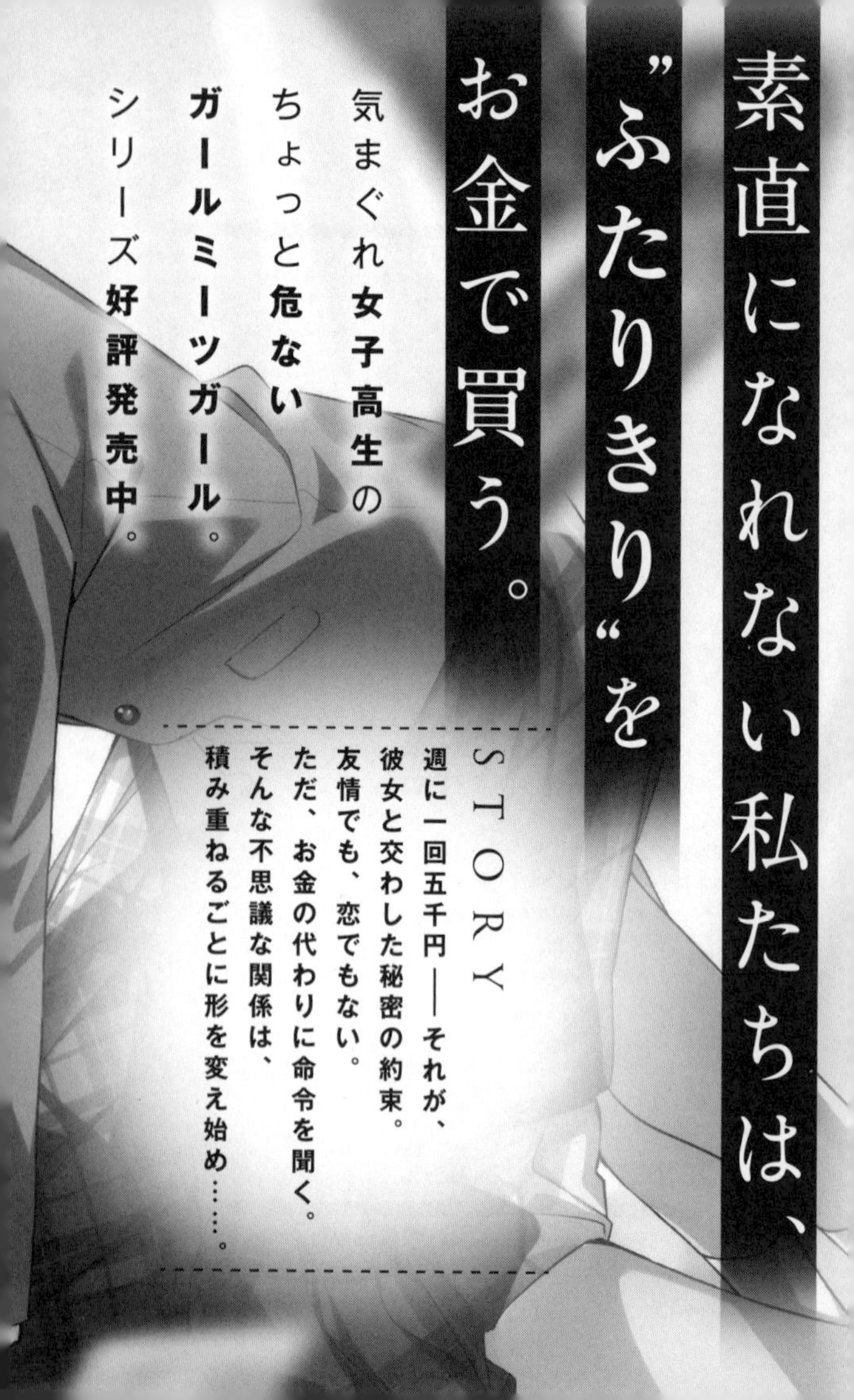
素直になれない私たちは、
”ふたりきり“を
お金で買う。
気まぐれ**女子高生**の
ちょっと**危ない**
ガールミーツガール。
シリーズ**好評発売中**。
STORY
週に一回五千円——それが、
彼女と交わした秘密の約束。
友情でも、恋でもない。
ただ、お金の代わりに命令を聞く。
そんな不思議な関係は、
積み重ねるごとに形を変え始め……。

ファンタジア文庫
週に一度
クラスメイトを
買う話
～ふたりの時間、言い訳の五千円～
羽田宇佐 はねだ・うさ
イラスト／U35 うみこ
USA HANEDA

「す、好きです!」「えっ? ススキです!?」。
陰キャ気味な高校生・加島龍斗は、
スクールカースト最上位&憧れの白河月愛に
罰ゲームきっかけで告白することになった。
予想外の「え、だって今わたしフリーだし」という理由で
付き合うことになった二人だが、
龍斗はイケメンサッカー部員に告白される
月愛の後をつけて盗み聞きしてみたり、
月愛は付き合ったばかりの龍斗を
当たり前のように自室に連れ込んでみたり。
付き合う友達も遊びも、何もかも違う2人だが、
日々そのギャップに驚き、受け入れ合い、
そして心を通わせ始める。
読むときっとステキな気分になれるラブストーリー、
大好評でシリーズ展開中!

ありふれた毎日も
全てが愛おしい。

済みなキミと、
ゼロなオレが、
き合いする話。

ファンタジア文庫
何気ない一言も
キミが一緒だと
経験
経験
お付
著／長岡マキ子
イラスト／magako

騙しあい。

各国がスパイによる戦争を繰り広げる世界。任務成功率100%、しかし性格に難ありの凄腕スパイ・クラウスは、死亡率九割を超える任務に、何故か未熟な7人の少女たちを招集するのだが——。

シリーズ
好評発売中！

ファンタジア文庫

世界最強の
“不可能任務”に挑む少女たちの
痛快スパイファンタジー！
スパイ
教室
竹町
illustration
トマリ

これは世界を救う

王様のプロポーズ 1

King Propose

橘公司
Koushi Tachibana

[イラスト]——つなこ

久遠崎彩禍。三〇〇時間に一度、滅亡の危機を迎える世界を救い続けてきた最強の魔女。そして——玖珂無色に身体と力を引き継ぎ、死んでしまった初恋の少女。

無色は彩禍として誰にもバレないよう学園に通うことになるのだが……油断すると男性に戻ってしまうため、女性からのキスが必要不可欠で!?

ン世代ボーイ・ミーツ・ガール!

最強の初恋
シリーズ
好評発売中!
ファンタジア文庫

切り拓け！キミだけの王道
ファンタジア大賞
原稿募集中！
賞金
《大賞》300万円
《金賞》50万円
《銀賞》30万円
選考委員
細音啓 「キミと僕の最後の戦場、あるいは世界が始まる聖戦」
橘公司 「デート・ア・ライブ」
羊太郎 「ロクでなし魔術講師と禁忌教典《アカシックレコード》」
ファンタジア文庫編集長
前期締切 8月末日
後期締切 2月末日
公式サイトはこちら！ https://www.fantasiataisho.com/
イラスト／つなこ、猫鍋蒼、三嶋くろね